As aventuras de um garoto de programa

Dados Internacionais de Catalogação na Publicação (CIP)
(Câmara Brasileira do Livro, SP, Brasil)

Andros, Phil
As aventuras de um garoto de programa / Phil Andros ; [tradução
Dinah Klebe]. – São Paulo : Summus, 1998.

Título original: Stud.

ISBN 85-86755-06-0

1. Homens gays – Ficção I. Título.

98-0941   CDD-813.5

Índices para catálogo sistemático:

1. Ficção: Século 20 : Literatura norte-americana 813.5

2. Século 20: Ficção : Literatura norte-americana 813.5

Compre em lugar de fotocopiar.
Cada real que você dá por um livro recompensa seus autores
e os convida a produzir mais sobre o tema;
incentiva seus editores a traduzir, encomendar e publicar
outras obras sobre o assunto;
e paga aos livreiros por estocar e levar até você livros
para a sua informação e entretenimento.
Cada real que você dá pela fotocópia não-autorizada de um livro
financia um crime
e ajuda a matar a produção intelectual de todo o mundo.

As aventuras de um garoto de programa

PHIL ANDROS

Do original em língua inglesa *Stud*
Copyright © 1996 by Phil Andros
Copyright da introdução © 1982 by John Preston
Publicado por acordo com a Alyson Publications
Direitos para a língua portuguesa adquiridos por
Summus Editorial, que se reserva a propriedade desta tradução

Tradução: **Dinah Klebe**
Projeto gráfico e capa: **Brasil Verde**
Editoração eletrônica: **Acqua Estúdio Gráfico**
Editora responsável: **Laura Bacellar**

Edições GLS
Rua Domingos de Morais, 2132 conj. 61
04036-000 São Paulo SP
Fone (011) 5392801

Atendimento ao consumidor:
Summus Editorial
Rua Cardoso de Almeida, 1287
05013-001 São Paulo SP
Fone (011) 3872-3322

Distribuição:
Fone (011) 8359794

Impresso no Brasil

Em memória
do
doutor Prometheus
do
Jordan Hall

Uma nota do autor:

Este livro foi escrito antes da chegada da "praga".
Por favor, lembre-se de usar os métodos
disponíveis para a realização de um sexo seguro.
A vida que você estiver salvando pode ser a sua.

Agora mais uma vez ele jura
começar uma vida mais limpa,
Mas então, quando a noite chega
com suas insidiosas provocações,
Suas incertezas e aventuras,
Quando a noite vem
com seu domínio
Sobre o seu corpo, ele volta,
todo desejo e avidez,
Cedendo ao mesmo obscuro prazer.

C. P. Cavafy

SUMÁRIO

INTRODUÇÃO por John Preston _____ 9

1. A árvore venenosa_____ 15

2. Espelho, espelho meu _____ 27

3. O garoto da páscoa _____ 41

4. O macaco verde_____ 55

5. Bola preta na caçapa _____ 69

6. Um michê barato _____ 85

7. H^2 _____ 99

8. Acordo em preto e branco _____ 113

9. Uma vez na vida, outra na morte_____ 123

10. Uma coleira para Aquiles _____ 137

11. Virada de maré _____ 149

12. Pintado de preto _____ 163

INTRODUÇÃO

A primeira vez que li algo escrito por "Phil Andros" fiquei eletrizado. Eu estava estudando numa faculdade fora de Chicago. De repente, na minha frente, lá estava uma ficção que era real, que dizia respeito à minha própria existência. Os personagens não eram figuras exóticas perdidas de amor condenadas a mortes prematuras nem se debatiam tentando esconder sua sexualidade do mundo. Eles não eram estranhos sem nenhuma relação com a minha vida. Ao contrário, eles iam aos bares onde eu bebia, andavam pelas ruas que eu percorria e ansiavam pelo mesmo tipo de homem que eu. Reagi ao livro exatamente como o autor esperava que acontecesse.

Samuel Steward, o homem que escreveu sob o pseudônimo de Phil Andros, disse que foi levado a retornar seriamente ao trabalho de escrita pela postura esquiva do narrador em *City of night*, de John Rechy. Não havia honestidade o bastante naquele livro para satisfazer Steward, não importa quantas barreiras ele tenha derrubado no pensamento e na publicação editorial americana. Ele percebeu que se quisesse algo mais do que simplesmente escrever a respeito do homossexualismo, teria que produzi-lo sozinho.

Sam Steward com certeza tinha o *background* necessário para este trabalho. Ele obteve o seu PhD em Literatura Inglesa na Ohio State University. Enquanto esteve lá, publicou um pequeno trabalho de ficção, *Pan and the firebird* (1930). Em 1936 escreveu um segundo romance, *Angels in the bough*. Foi este último que atraiu a atenção de uma figura muito importante em sua vida, Gertrude Stein. Teve então início entre os dois uma correspondência que se estendeu por vários anos, incluindo ligações afetuosas entre o jovem escritor e a companheira de Stein, Alice B. Toklas. (Suas cartas para ele foram publicadas em 1977 sob o título *Dear Sammy.*)

Steward desfrutou do calor dessas duas relações durante anos. Sentiu-se atraído por muitos outros grandes personagens, e pessoas prestes a despontar como tais, de sua época. Ele os seduzia com cartas elogiosas e pessoalmente com sua extrema educação. E em grande parte também com sua bela aparência, especialmente se fossem homossexuais. Lorde Alfred Douglas, Thornton Wilder e André Gide são apenas alguns dos famosos literatos a quem Steward prestou homenagem de uma maneira ou de outra. (Seu único encontro com Rodolfo Valentino pode não ter sido tão significativo quanto outras relações, mas deu a ele um de seus mais valiosos bens: um cacho dos pêlos pubianos do Grande Amante que ainda hoje repousa orgulhosamente aos pés da cama de Steward.)

Mas Steward foi desviado de sua rota quando começou a lecionar na universidade. Stein o preveniu de que ele não conseguiria escrever se continuasse a passar o dia todo pensando em palavras. Ela chegou ao ponto de aconselhá-lo a se tornar um açougueiro. Se o magistério foi o desvio, o álcool tornou-se um anestésico. Foi somente depois da década de cinqüenta, ao elaborar a primeira edição da *World Book Encyclopedia*, que Steward teve a sensação de já ter cumprido com a sua obrigação para com a sociedade, parando então de beber e retomando o controle de sua vida.

Quando jovem, havia sonhado com a fama e o reconhecimento. Estes sonhos pareciam perdidos para sempre quando ele fez o seu inventário. Ele se achava velho demais, cínico demais e preguiçoso demais para fazer arte. Optou pelo prazer. Tinha algumas reconhecidas habilidades gráficas. Ele trocava esboços por fotografias com o famoso fotógrafo George Platt Lynes. Ele adorava – quase venerava – homens jovens.

Steward combinou estas duas paixões e se tornou um tatuador. Ele teve muito sucesso com isso. Seu nome de guerra, Phill Sparrow, ainda provoca reações de admiração em aficionados da arte do corpo.

As histórias que ele ouviu dos marinheiros, garotos de rua e outros clientes da loja da South State Street, em Chicago, mesclaram-se com as suas próprias experiências, produzindo, ao final, a obra que conhecemos como a vida de Phil Andros. O fato de as histórias ainda hoje soarem tão verdadeiras deve-se ao seu forte senso de observação, bem como ao seu talento como escritor.

Steward publicou ocasionalmente histórias e artigos em pequenas revistas gays da Europa; *eos* na Dinamarca e *Der Kreis* na Suíça eram duas que regularmente publicavam seus trabalhos. Na década de sessenta, a Suprema Corte chocou o mundo redefinindo o conceito de pornografia. Subitamente, toda uma nova gama de possibilidades se abriu para Steward e outros, como Joseph Hansen (que então assinava como James Colton), que queriam explorar os assuntos referentes ao universo gay.

Mas as coisas ainda não eram fáceis. Depois de reagir ao *City of night* – e à providencial provocação de um amigo que lhe disse que ele não seria capaz de fazê-lo –, Steward começou a escrever as histórias inter-relacionadas que compõem este volume. ("A árvore venenosa" foi a primeira. Publicada em agosto de 1963 no *amigo*, um jornal publicado em inglês e alemão e produzido na Dinamarca pelos editores da *eos*.) Apesar de os padrões da censura terem se abrandado o bastante para permitir que tal obra pudesse ser legalmente editada nos EUA naquela época, isto não significava que as restrições pessoais e auto-impostas da maioria dos lares americanos fossem suficientemente flexíveis para acomodar uma obra que elogiava o estilo de vida gay e incluía descrições relativamente explícitas de relações homossexuais.

Apesar de toda a resistência, uma nova indústria foi erguida somente para esse tipo de produto. A tentativa de Steward de publicar o seu primeiro livro gay, a edição original de *$tud* (*As aventuras de um garoto de programa*), deve ter sido um exemplo extremo do que era trabalhar com esses "editores de ficção adulta". A primeira firma com a qual ele fez contato era sediada no setor de psiquiatria do St. Elizabeth Hospital, em Washington DC. O editor havia se internado para fugir dos credores. Evidentemente, a equipe médica achava que os seus empreendimentos editoriais eram uma boa terapia. Ele obteve permissão para montar um escritório e pôde atuar sem restrições dentro da instituição. Mesmo assim, foi só depois de Steward perder a paciência com os atrasos do editor e permitir que outro imprimisse o livro (1969), que *$tud* chegou às livrarias, quatro anos depois de finalizado.

Outra série de histórias inter-relacionadas, *The joy spot*, se seguiu em 1969. Então veio uma série de romances mais estruturados: *My brother the hustler* (1970), *San Francisco hustler* (1970), *When in rome do...* (1971), *Renegade hustler* (1972) e *The greek way* (escrito em 1972, mas publicado somente em 1975). O autor recebia apenas um salário fixo de $400 para cada original, sem falar nas edições piratas de seus livros, pelas quais ele não recebia nada.

Steward costuma dizer que ele imaginava estar escrevendo para senhores solitários que viviam em quartos de hotel. Este certamente era o estereótipo do leitor de "pornografia". Na verdade, ele também estava alcançando muitas pessoas mais jovens, que, como eu mesmo, viriam a ser os gays de hoje em dia, os filhos do Stonewall.

Já tínhamos um desejo apaixonado por livros que descrevessem a vida gay de maneira aberta e honesta. Esse desejo era parcialmente saciado por editores tradicionais, há 10 anos, talvez até mais. Mas os livros de Phil Andros satisfaziam necessidades que não haviam sequer sido detectadas por nós mesmos. Nós lutamos pela legitimidade do prazer no sexo homossexual, pela possibilidade de saber mais a respeito de outros gays e de como eles estavam lidando com este novo mundo que nós estávamos descobrindo e das descobertas de quem já tinha percorrido esta trilha. Precisávamos sobretudo saber que não estávamos sozinhos.

Phil Andros – que era sempre o protagonista e narrador destas obras, assim como o autor – era um homem inteligente, de nível universitário, que buscava todas as formas de sexo, inclusive as que envolvessem a afetividade, sem desculpas. A esperança de encontrar um grande amor também fazia parte de seu repertório. Ele vivia inteiramente num mundo gay, sustentando-se como garoto de programas, atendente de saunas, ou por alguns outros meios que jamais envolviam compromissos com o mundo heterossexual. O sexo gay era bom, segundo a ótica de Phil. O único verdadeiro pecado em seu mundo era a hipocrisia. Seu mundo estabelecia novos conceitos a respeito do que era bom e do que era mau, sem que seus padrões de bom e mau tivessem necessariamente que coincidir com os do resto do mundo. Era o início de uma ética homossexual.

Steward refletia vários aspectos desta nova ética em si mesmo. Por exemplo, disseminar conscientemente uma doença venérea era algo intolerável em suas histórias. Mais do que simplesmente julgar, ele passava informações às quais os gays daquela época não tinham acesso. Todos os seus livros, inclusive *$tud*, trazem pelo menos um aviso sobre a importância da higiene na relação sexual. A polícia, apesar de muito atraente, é sempre mostrada como o inimigo. Havia numerosas menções a respeito da perfídia do sistema judiciário nos livros de Steward. Os avisos nunca eram obscuros – eram placas sinalizadoras destinadas a guiar o jovem, não a interromper sua viagem.

Phil Andros aposentou-se em 1972. Depois disto só foram publicadas algumas histórias ocasionalmente, em revistas gays. O fato de ganhar pouco dinheiro, com a agravante de ainda por cima ter que volta e meia lidar com editores escusos, além da sensação de que o mundo o havia deixado de lado, fizeram com que Steward se retirasse para uma casa em Berkeley. Parece que ele nunca chegou a conhecer quem eram realmente os seus leitores e não era capaz de prever que sua vida na literatura estava longe de ser passado.

Mas o fato é que estava. Os escritores começaram a procurá-lo em busca de conselhos, editores queriam incluir as histórias de Phil Andros em antologias, como o presente volume, e queriam novos livros. Hoje em dia ele se surpreende ao notar que é um dos "avôs" da literatura gay e que seus livros, escritos para os solitários, são chamados de clássicos underground.

Há uma certa gaiatice na obra de Sam Steward. Um elemento que faz com que os livros de Phil Andros se sobressaiam é com certeza o seu senso de humor. Esta gaiatice e humor só fizeram crescer, agora que Steward pode gozar do prazer de ver seus livros sendo reconhecidos, aos setenta anos. Foi publicada uma biografia (*Capítulos de uma autobiografia*) e, além de *$tud*, outros dois volumes de ficção já têm sua reedição programada. Depois de tantas reviravoltas e desvios, o homem que chegou a pensar que seu sonho de fama e glória estava perdido vê-se de repente celebrado e homenageado. Ele está desfrutando ao máximo deste prazer.

Eu sou um dos muitos que fizeram a pequena excursão até Berkeley para encontrar o homem e falar com o escritor. (Voltei com uma tatuagem e uma nova amizade.) Quando estive lá visitando-o, Sam me contou uma história maravilhosa, muito reveladora sobre a sua vida:

Quando ele ainda era estudante e sonhava alcançar o sucesso através da literatura, Steward foi a Londres com o propósito expresso de seduzir lorde Alfred Douglas e assim estabelecer uma conexão mística com Oscar Wilde, um de seus heróis. Ele teve sucesso na empreitada.

Agora, décadas mais tarde, um belo jovem atravessa a Bay Bridge de São Francisco de bicicleta para estabelecer a sua ligação simbólica com Gertrude Stein ao dormir com Sam de vez em quando.

A combinação dos dois procedimentos tirava-me o fôlego. Eu perguntei o que ele achava de todas estas inter-relações.

– Bem – ele sorriu e disse, exatamente como Phil Andros faria –, eu sempre gostei de ficar no meio de um sanduíche.

John Preston
Portland, Maine
agosto de 1982

1

A árvore venenosa

Oh, ele tinha as maçãs do rosto rosadas, cabelos negros, era heterossexual e eu odiava aquele desgraçado.

Era estranho que um ódio como este pudesse florescer num ambiente tão sereno. Todas as manhãs podia-se ver o fantástico jogo de luz que se estendia por toda a cadeia de montanhas Garden Wall, até a tardinha, quando então, no pôr-do-sol, a luz ardia escarlate e se fundia no mais intenso púrpura, para por fim desaparecer no escuro da noite. Nos dias em que não havia sol, ela se tornava cinza e prateada, e o seu reflexo tremulava nas águas verde-escuras do lago McDonald. Tínhamos permissão para dar uma volta a cavalo nos dias de folga ou ir pescar à tarde nas ruidosas corredeiras.

Somente à noite, toda noite, era preciso vestir um uniforme e tentar vender passeios a cavalo aos veranistas que vinham ao Glacier National Park. Passeios completos, com um autêntico guia do oeste. Por esta pequena restrição à nossa liberdade, recebíamos alguns dólares por semana. Podíamos comer na sala de jantar principal, dormir num pequeno beliche e, no mais, aproveitar as férias pagas. E, como diversão, havia sempre a possibilidade de cantar Bull, um moço de recados alto e de olhos acinzentados.

Eu já tinha caído na vida havia alguns anos, mas aqui no lago McDonald era preciso dar um tempo, pelo menos durante o verão. Eu era o que eles chamavam de "encarregado-chefe das informações", mas isto era apenas um disfarce. Minha verdadeira função era vender os tais passeios. Fui desenvolvendo um estilo próprio à medida que aprendia mais a respeito do trabalho. Era preciso saber como falar aos veranistas – baixo e sexy com as garotas e de homem para homem com os rapazes – sobre as maravilhas dos tais passeios: a solidão, dormir sob milhões de estrelas, o café feito na fogueira, a carne estalando nas brasas. Nunca se dizia qualquer coisa a respeito dos mosquitos, dos inevitáveis carrapatos, dos perigos da febre tifóide ou das cobras, e com muito tato mencionava-se, no meio da conversa, o extraordinário preço das excursões.

Entre o momento em que Maynard, meu superior, ia embora e a hora em que o belo Clayton entrava em cena, o parque se tornava o meu reino particular. Eu me entendia bem com os veranistas, sendo tão persuasivo e poético quanto era possível. Eu realmente gostava do meu trabalho. Achava divertido ver turistões chegarem, vestindo shorts que deixavam seus nodosos joelhos à mostra ou joggings esticados sobre bundas gordas e flácidas, – todos eles à procura de um pouco de repouso e descanso, e talvez um pequeno flerte com os guias – cowboys durões vestidos de couro da cabeça aos pés, tão honrados quanto um monte de bandidos sem princípios.

Clayton irrompeu em cena como um pequeno tornado. Ele falava alto, era extrovertido e barulhento. Eu era o seu superior, pois já estava lá havia mais tempo, mas isto não era de forma nenhuma perceptível. No primeiro dia, quando soube que teria de comer no refeitório com o resto da criadagem, ele disse:

– Por que não nos alternamos na sala de jantar? – perguntou com aquela voz anasalada que eu aprendi a odiar cada vez mais. – Um dia você come lá; no outro, eu.

Eu olhei para ele friamente.

– Não é assim que as coisas funcionam por aqui – eu disse.

Estávamos atrás do balcão. Eu devia passar a ele as coordenadas. Ele abriu várias vezes as gavetas dos compartimentos de baixo e as fechou bruscamente.

– Por que não me dá mais espaço nas gavetas? – ele solicitou. – Vou precisar.

– Vai ter que se virar com o que tem – eu disse.

Infelizmente eu tinha ocupado pouco mais da metade do espaço.

Ele sorriu maliciosamente.

– Olha que eu tenho muita coisa – ele disse, e então voltou sua atenção para o balcão e começou a rearrumar as coisas sobre ele.

– Melhor manter as fichas de inscrição aqui – ele disse, tirando-as do lugar. – E os lápis aqui. Olhou para a mesa e as cadeiras atrás do balcão. – As cadeiras dos veranistas devem ficar de frente para a luz – ele disse, passando da palavra à ação. – Isto nos deixa em vantagem.

– A luz vem de todos os lados – eu disse aborrecido.

Ele se sentou na cadeira, inclinou-a para trás e pôs os pés sobre a mesa. Cruzou as mãos por trás da cabeça.

– Foi Maynard quem arranjou este trabalho para mim – ele disse. – Abri mão de um emprego interessante em Minneapolis para passar o verão aqui. Preciso ganhar alguma grana. Tenho uma bolsa de estudos na universidade. Sabe, eu fui o primeiro da turma quando nos formamos na escola.

– Garoto esperto – eu disse ironicamente.

Ele não captou a brincadeira.

– É, você tem razão – ele disse sorrindo. – E você, do que é que pode se vangloriar?

– De nada – eu disse.

Neste momento, Mrs. Barley, uma pequena senhora já idosa que gerenciava o hotel, aproximou-se de nós. Ela sorriu para ele.

– Muito bem, então você é o Clayton – ela disse, apertando sua mão. – Maynard teceu vários elogios a seu respeito. Disse que você conhecia o parque muito bem, pois já tinha estado aqui antes.

– Sim – disse Clayton. – Estive aqui uma vez, como hóspede.

Era possível ver o charme escorrendo dele a cada palavra, como de uma torneira. Eu odiava olhar para ele. Ele era quase bonito demais. Temo dizer que ele era mais bonito do que eu. Tinha bochechas saudavelmente avermelhadas e cabelos pretos brilhantes, não muito compridos, com pequenos cachos. Os cantos externos de suas sobrancelhas escuras e espessas arqueavam-se para cima e seus olhos eram negros e incisivos. Seus dentes eram muito brancos. Olhei para as suas costas largas e musculosas. Vi as coxas firmes sob o tecido apertado e fino de suas calças. E em meio à crescente e exasperada onda escura do meu ódio por ele, surgiu uma pequena centelha de lascívia. Como estas coisas podiam acontecer?

Mrs. Barley virou-se para ir embora, sorrindo para ele. Ela fora completamente cativada. Cumprimentou-me com um meneio de cabeça, o sorriso ainda fixo no rosto, por engano.

– Explique-lhe as regras – ela me disse.

– Certamente, Mrs. Barley.

– Que velha idiota – disse Clayton, olhando-a sair. E riu. – Ela não precisa saber que eu tinha apenas seis anos quando papai e mamãe me trouxeram ao parque – ele disse. – E então, quais são as tais regras?

– Não beber em serviço – eu disse. – Não se misturar socialmente com os veranistas. Você tem todas as manhãs livres e trabalha alternadamente às tardes. Deve usar um uniforme para trabalhar. Nós dois trabalhamos todas as noites. Dividiremos um beliche. Você dorme na cama de cima – eu disse pontuadamente. – Você come no refeitório e leva a sua louça para a máquina depois de terminar.

– Um dia eu serei o chefe por aqui – ele disse gravemente.

– Sem dúvida – eu disse. – Quem sabe até já neste verão. Não sei quanto tempo mais vou agüentar isto. Você é um dos garanhões mais insolentes que eu já conheci.

Ele riu.

– Incompatibilidade de gênios – ele disse. – Você é um esnobe. Não sei se é um tipinho rasteiro ou um intelectual. Suspeito que a primeira alternativa seja a certa.

Olhei para ele sem dizer nada por vários segundos.

– Teremos um belo e divertido verão – eu disse. – É sua tarde de folga. Esteja de volta às seis.

Respirei fundo depois que ele foi embora. Não havia muitas pessoas no hotel. A grande lareira – tão grande que até seria possível colocar algumas cadeiras dentro do imenso arco da chaminé – estava apagada. Não era preciso acender o fogo antes da noite. Dei um jeito nas coisas, arrumando a mesa. O primeiro ônibus repleto de turistas vindo do portão oeste só chegaria às seis e quinze.

Clayton voltou às seis. Ele estava mais que ligeiramente bêbado e cheirava a bebida. Estava muito feliz.

– Você foi avisado de que não poderia beber em serviço – eu lhe disse de modo gelado.

– Pro inferno com isso – ele disse. – Eu não estava em serviço. Estava revendo amigos. Encontrei o velho Angus. Ele me ofereceu uma bebida. Eu aceitei. Ele é um cara bem importante por aqui.

Angus era o chefe dos encarregados dos cavalos da Park Saddle Horse Company. Ele havia me oferecido uma bebida certa vez, pouco antes do meu horário de serviço, e eu tive que recusar. Ele nunca foi muito com a minha cara desde então.

Clayton se jogou sobre a cadeira.

– Acho que vou comer na sala de jantar esta noite – ele disse. – Que tal?

– Pergunte a Mrs. Barley – eu disse. Ela era uma abstêmia convicta e odiava o álcool em todas as suas formas.

– Pode apostar que vou – disse ele levantando-se, para então atravessar o grande saguão de colunas de madeira maciça em direção à mesa da gerente.

Eu me sentei à mesa. Uma vaga lembrança de um poema de Blake me veio à mente. Um homem estava zangado com um amigo seu e lhe disse isso, e então acabaram se entendendo. Mas também estava zangado com um inimigo e não lhe disse nada. A raiva foi aumentando. Ele a regou com lágrimas e a cultivou com sorrisos e artimanhas até que ela crescesse e produzisse uma reluzente maçã. O inimigo a viu e, uma noite, invadiu o jardim para comê-la. Pela manhã, lá estava o inimigo, morto, esticado sob a árvore venenosa.

Mas o que eu poderia usar como maçã?

Clayton estava de volta, suas faces eram de um vermelho intenso de raiva.

– Aquela piranha – ele disse.

– O que aconteceu? – perguntei com verdadeira inocência.

– Ela disse que eu deveria aprender a me colocar no meu devido lugar e comer no refeitório, e que, se eu aparecesse de novo cheirando a bebida, ela escreveria ao chefão e faria com que eu fosse despedido. Depois ela me perguntou se você não havia me falado a respeito das regras quanto a beber em serviço – e então me olhou com esperteza. – Eu disse que você não havia mencionado nada.

Bem, estávamos empatados.

O verão inteiro foi recheado de vitórias e empates. Ele conseguia vender mais passeios a cavalo do que eu, mas era para mim que os veranistas inteligentes retornavam. Às vezes ele jogava sujo, falsificando as fichas de inscrição, apagando o meu nome e escrevendo o dele. Eu dei um fim nisso passando a usar uma caneta. Ele tinha o hábito de sempre mascar um palito de dentes, mesmo quando falava com os veranistas. Tentei fazê-lo parar, mas ele não me deu ouvidos, até que um dia Mrs. Barley o viu e fez com que ele engolisse o palito. Ele sempre dizia "Agora o bendito papelzinho branco", quando explicava o itinerário para os veranistas, ou "Agora o nosso folhetinho", ao descrever o panfleto das excursões. A maneira anasalada como ele pronunciava a palavra "folhetinho" irritava os meus tímpanos como uma lixa. Imagine estes incidentes e aborrecimentos multiplicados por cem ou duzentos. Tudo isto acabou se transformando num jogo mortal e – lembrando Blake – eu tentava manter uma falsa e radiante simplicidade enquanto o apunhalava pelas costas. Ele fazia o mesmo comigo, mas não era muito esperto. As pessoas percebiam os seus truques e acabavam do meu lado. Foi um verão e tanto. E eu ainda não havia encontrado a minha maçã.

Minha procura foi dificultada pelo fato de dividirmos o mesmo beliche. Havia muito pouco espaço para nos mexermos dentro do quarto. De um lado, as duas camas, do outro, uma mesa de madeira rústica com um jarro e uma bacia para lavar as mãos. À noite, nossas roupas ficavam penduradas em duas cadeiras num canto. Não havia lugar para guardar nada. Nossas coisas ficavam guardadas em nossas malas, que tinham de ser mantidas sobre as camas durante o dia e colocadas no chão à noite. Clayton costumava ir para a cama tarde da noite e bêbado. Tinha crises de amnésia quando bebia demais, não conseguindo lembrar-se do que havia feito no dia anterior. Uma vez ele foi encontrado no quarto de uma hóspede do hotel. Mrs. Barley soube do ocorrido por intermédio de um mensageiro – jamais me perguntem quem foi. Isto aconteceu uma noite depois de ele ter pisado na minha mala e tê-la quebrado.

Mas o pior de tudo era vê-lo ir para a cama quando chegava tarde e bêbado. O barulho sempre me acordava. Eu fingia estar dormindo, mas sempre acompanhava seus movimentos. Ele se sentava numa cadeira e arrancava as botas de motoqueiro, que ele sempre colocava depois do trabalho. Todos nós usávamos jaquetas de couro, jeans e botas. Num mundo em que todos usavam couro – das jaquetas com franjas e fendas às botas, tudo no melhor estilo cowboy –, o uniforme de couro de um michê e suas botas não eram de todo incomuns.

Clayton amava essas botas, e eu sentia uma certa atração por elas também. Engraçado como as botas de outra pessoa parecem sempre mais sexy do que as nossas. Depois disso, ele tirava as calças, muito apertadas, deixando aquelas coxas maravilhosas à mostra, e ficava se apalpando, adorável, de cuecas. E então, com um som gutural, era a vez de tirar a sua camiseta. Ele não usava camisetas de mangas, e sim aquelas de cavas profundas e alças finas sobre os ombros. Elas deixavam à mostra seus braços brancos e bem-desenvolvidos, musculosos como os de um halterofilista, e o peito largo e forte com um triângulo de pêlos negros. Ele dormia nu com meias brancas de lã, pois dizia que seus pés congelavam com o vento frio da noite. Costumava deixar as botas no chão, perto da cabeceira da minha cama. O saudável odor masculino do couro perturbava os meus sonhos e, vez por outra, quando eu tinha certeza de que ele estava dormindo, por causa da sua respiração, eu as alcançava e esfregava meu dedo em sua superfície engraxada.

Eu não gostava muito do rumo que as coisas estavam tomando.

No final de agosto, o hotel estava lotado. Havia um baile toda sexta-feira para os veranistas e empregados. Fui uma ou duas vezes, mas normalmente só ficava olhando, bebendo um uísque ou dois.

Na última sexta-feira de agosto houve um verdadeiro bafafá. Uma grande orquestra veio de Great Falls. Fui dar uma olhada. Clayton foi ficando cada vez mais bêbado, até começar a esbarrar nas pessoas. Finalmente o tiraram da pista de dança. Alguém me cutucou. Era Bull, meu jovem, belo e favorito mensageiro.

– Cara, seu parceiro Claytie não sabe segurar a onda – Bull disse.

"Claytie" era o apelido que eu havia lhe dado. Tinha colado e ele o odiava.

– É, parece que não – eu disse. – Pobre rapaz. Ele não deveria ter misturado uísque com cerveja.

– Essas misturas não fazem nada bem – disse Bull sabiamente.

– Não mesmo – eu disse.

Fomos até o lago. Havia uma meia-lua no céu que deixava um rastro de centelhas douradas na água. A Garden Wall formava uma fronteira escura lá embaixo. Era uma noite muito calma.

Bull jogou uma pedrinha no lago e as ondinhas cortaram ainda mais a luz do luar.

– Vocês dois estão tendo um verão e tanto, hein? – ele perguntou.

– Sim – eu disse.

– A maior parte do pessoal do hotel está do seu lado – disse Bull. – O pessoal diz que você é um cara legal por segurar tudo o que ele apronta. Até mesmo o velho Angus. Claytie subiu a montanha com um cavalo até Sperry Glacier outro dia e desceu no maior trote. Angus ficou louco de raiva. Disse que nunca mais deixaria Clayton pegar um de seus cavalos.

Eu ainda não tinha ouvido esta boa notícia.

– E Mrs. Barley disse que Claytie não passa de um beberrão. Ela e Angus vão querer que você volte no ano que vem. Mrs. Barley disse que Maynard devia estar louco de ter recomendado um bêbado como Claytie para trabalhar aqui.

Eu sorri na escuridão. O som do baile era longínquo e suave. O rosto de Bull era um vulto quadrado indefinido na escuridão.

– Todos nós gostamos de você, cara – ele disse, soando um pouco acanhado. – Você tem... controle – e me deu um tapinha afetuoso no ombro.

Bem, Bull estava comigo em qualquer situação. Eu estava cantarolando um pouco quando entrei no quarto. Pensei comigo que a maçã estava crescendo muito bem e que a árvore estava ficando repleta de veneno.

Eu tinha acabado de me enfiar na cama quando Clayton entrou. Estava realmente bêbado. Sentou-se na cadeira e ergueu uma perna para retirar sua bota, quando de repente caiu no chão. Eu saí da cama para ajudá-lo a levantar-se, sentindo uma curiosa mistura intumescida de ódio, pena e lascívia dentro de mim. Era como uma massa crescendo. Podiam-se ver as células se expandindo.

– Estou bêbado – murmurou Claytie.

– Está mesmo, cara – eu disse. Eu o coloquei na cadeira e me ajoelhei à sua frente para desafivelar suas botas. Puxei-as, e minha mão – por vontade própria, sem nenhum comando consciente de minha parte – raspou rapidamente sobre a lã quente e úmida de sua meia. Então eu consegui desafivelar o cinto de sua Levis e comecei a puxá-la para baixo. Ela era apertada, foi um verdadeiro esforço. Depois disto veio a camiseta, e então ele estava nu, salvo pelas meias.

– Vamos lá – eu disse.

Eu o ergui, apoiando-o com um braço, enquanto colocava a cadeira frágil ao lado do beliche.

– Agora suba – eu disse.

Senti sua carne em minhas mãos. Eu o agarrei sob as axilas molhadas e o ergui o quanto pude. Ele bambeou e quase caiu para trás, suas costas pressionando minha barriga e pernas desnudas. Comecei a ficar sem fôlego e não era de cansaço. Então, dando um grande empurrão contra sua bunda, eu o ergui com um braço em torno de sua coxa. Ele caiu de costas todo dobrado sobre a cama e ficou deitado, quieto. Estava completamente desmaiado. Fiquei tremendo sobre a frágil cadeira. Suas pernas pendiam para fora da cama e seu pau estava na altura do meu olhar. *E uma chama de fogo surgiu no meio do arbusto, e, apesar de o arbusto arder no fogo, ele não se consumia. E uma voz falou do meio do arbusto, dizendo...*

Não importa o que a voz dizia. Era uma ordem e eu não podia desobedecer.

O dia seguinte era sábado e eu tinha a tarde livre, portanto acordei cedo. Claytie ainda estava dormindo, com a boca semi-aberta e os cabelos negros em desalinho. As cobertas estavam puxadas até abaixo de sua barriga. Seu tórax tinha algo de grego e maravilhoso. Eu olhei para ele por alguns instantes e depois calcei minhas botas, vesti minhas calças e minha jaqueta e fui pegar o meu cavalo preto favorito de Angus para seguir a trilha em direção a Sperry. Fui apenas até a metade do caminho e descansei um pouco, para depois descer no final da tarde.

Eu tinha acabado de guardar o cavalo e entrar no quarto quando Bull bateu na porta e enfiou sua cabeça para dentro. Seu rosto quadrado de menino estava muito sério.

– Ei – ele disse. – Mrs. Barley disse que gostaria de vê-lo.

Ele estava com um olhar diferente e parecia embaraçado.

– O que diabos acha que ela quer comigo? – eu disse.

Bull entrou no quarto. Esfregou os pés no chão, olhando para baixo.

– Se-sei que isto não é da minha conta – ele disse –, mas eu ouvi dizer que Claytie foi falar com ela e... e...

– Sim, Bull – eu disse –, do que se trata, afinal?

O rosto de Bull ficou vermelho e ele estava muito inquieto. De repente ele soltou o verbo:

– Bem, o Claytie disse... foi o que eu entendi... Meu Deus!...

Ele olhou mais uma vez para baixo e depois para mim, relutante. E então surgiu uma outra expressão em seu rosto, como se estivesse me vendo pela primeira vez.

– Ele disse a ela que você era uma bicha e que... investiu contra ele na noite passada – e socando a palma de sua mão – Vou acabar com ele.

Eu balancei a cabeça.

– Pode deixar, Bull – eu disse. – Desta vez ele foi longe demais. Vou falar com Mrs. Barley.

Fui ao saguão do hotel, sentindo um aperto no peito. Eu tinha certeza de que o meu rosto estava rígido, portanto tratei de relaxar os músculos. Fui direto ao escritório de Mrs. Barley, fitando o balcão de informações do outro lado do saguão, apesar de ver que Clayton estava trabalhando lá, curvado sobre alguns livros.

Mrs. Barley ergueu o olhar. Sempre a havia considerado ineficiente, mas tinha visto várias provas de sua firmeza este verão. Ela sabia ser durona quando queria.

– Queria me ver, Mrs. Barley? Foi o que Bull me disse.

– Sim, eu queria. Sente-se, por favor – ela disse.

Sentei-me do outro lado do balcão e tentei parecer o mais inocente possível.

– Vou direto ao assunto – ela disse. – Clayton fez uma acusação muito grave a seu respeito. Ele disse que o senhor fez investidas homossexuais contra ele na noite passada, depois do baile.

Ouvi-la usar aquela palavra me balançou. Tinha um aspecto tão doce de vovozinha que fazia parecer incrível que ela tivesse tal termo em seu vocabulário. Bem, voltando ao hotel... Eu usei todos os meus talentos dramáticos. Arregalei bem os olhos e afinei meus lábios curvando-os para baixo, tentando empalidecer.

– Por que... este desgraçado! – eu disse violentamente.

Toda a sua fisionomia relaxou.

– Por favor – ela disse, erguendo uma mão branca, transparente e cheia de veias. – Estou ciente do sentimento que existe entre você e Clayton. Todos nós fomos testemunhas disto neste verão. É muito triste, mas estas coisas acontecem.

– Bem, eu com certeza não...

Ela me interrompeu com um gesto.

– É claro – ela disse. – Eu não sou idiota. Se vocês se odeiam tanto quanto ficou óbvio para todos, esta seria a última coisa da qual ele deveria tê-lo acusado. Não foi muito esperto da parte dele. Eu disse isto a ele. Ficou muito claro para mim que ele só estava querendo prejudicá-lo. E – ela ainda falou – eu disse isto a ele também. Disse-lhe igualmente que poderíamos nos virar muito bem sem ele a partir desta noite. Pode abrir o balcão de informações às seis e meia, depois de comer. Ele larga às seis, dá tempo de preparar as malas e pegar o ônibus da noite para a estação ferroviária. Se eu fosse você – ela disse –, eu o liberaria de suas funções entre seis e sete horas. Isto simplificaria as coisas para todos nós.

Então seu velho rosto agridoce se abriu num sorriso. Ela estava de pé, atrás do balcão, e estendeu-me sua mão.

– É realmente um prazer tê-lo conosco – ela disse. – Todos aqui o consideram um perfeito cavalheiro.

Nós apertamos as mãos.

– E isto também inclui a mim – ela disse.

Eu agradeci e fui embora. Vi Bull e contei a ele o que Mrs. Barley tinha-me dito. E então, da janela da sala de jantar, vi Claytie carregar a sua mala pesada até a parada de ônibus, subir nele e enfiar-se mal-humorado numa poltrona. Ninguém veio vê-lo partir ou se despedir dele. Eu terminei de comer e fui para o balcão de informações. Todas as gavetas de Clayton estavam vazias. Até a sua eterna caixa de palitos de dentes tinha ido embora. Pontualmente às seis e quarenta e cinco o ônibus partiu.

Às sete chegou Bull. Estava sorrindo. Ele esfregou as mãos.

– Bem – ele disse –, problema resolvido.

Então aquele mesmo olhar estranho surgiu em seus olhos.

– Eu estava pensando – ele disse. – Você agora vai ficar sozinho. Quer um companheiro de quarto? Quer que eu me mude para cá?

Eu olhei para os seus profundos olhos azuis e para o seu belo rosto.

– Por que não? – eu disse. – Isto é, se você não achar que todo mundo vai pensar que nós somos duas bichas morando juntas.

Bull sorriu.

– E se acharem? – ele disse.

E então ele fez uma apreciação muito profunda para os seus dezenove anos.

– Todo mundo sempre comenta e isto não quer dizer nada. Eu sorri.

– Acha que eu sou culpado da acusação de Clayton? – perguntei.

Mais uma vez, Bull me deu aquela estranha olhada.

– Não sei – ele disse. – Isto realmente não importa. Mas eu não acho. Quero dizer... Acho que você é muito descolado para isso, cara.

Ele pôs a pontinha da língua para fora e piscou. Então saiu para pegar suas coisas e se mudar para o meu quarto.

Sentei e fiquei pensando que o resto do verão poderia ser bem interessante. E então pensei em Blake. Um velho visionário muito sábio e profético, esse Blake, e muito astuto no que se refere a ver o interior das pessoas. Mas no meu caso ele havia cometido um erro, um engano. Minha história era uma pequena variação do tema do poema – meu inimigo havia morrido envenenado, mas a maçã quem comeu fui eu.

2

Espelho, espelho meu

É preciso ter coragem para entrar no saguão do velho e respeitável St. Francis Hotel em São Francisco calçando botas, jaqueta de couro e calças cáqui sujas. Mais ainda se pensarmos que isto se deu há muitos anos, antes de a "moda do couro" realmente pegar, quando as pessoas ainda não estavam tão acostumadas a ver tais roupas quanto hoje em dia. Mas o encarregado dos registros não parecia nem um pouco surpreso.

– Quem é o vagabundo? – perguntei a Lefty, que estava sentado ao meu lado no banco dos mensageiros.

Ele me olhou do alto de seus dois anos de experiência no St. Francis; eu estava lá havia apenas dois meses.

– Cara, você tem sorte – ele disse. – Quem me dera ser um vagabundo daqueles. É Rex Rhodes – um cara excêntrico, tá certo, mas, meu Deus, cada gorjeta que ele dá! Ele tem dinheiro. Ninguém aqui se importa com a maneira como ele se veste. Quem dera fosse a minha vez. Quer trocar de lugar comigo e me deixar atendê-lo? – Ele não parecia muito esperançoso.

– De jeito nenhum – eu disse. E então o encarregado soou o sino e eu fui até o balcão num pulo e peguei a mochila que o rapaz tinha colocado no chão.

– ... e sua bagagem já chegou, Mr. Rhodes. Reservamos o 730 para o senhor juntamente com o 731 e o 732, a suíte em que o senhor costuma ficar. O senhor fez reserva para a sua... hum... moto?

Podia-se quase ouvir a ousada mudança na voz de Mr. Perkins ao usar esta palavra no lugar de "motocicleta".

– Sim, está na garagem – disse Mr. Rhodes. Ele tinha uma voz profunda e uma inflexão absolutamente comum – um timbre de barítono, daqueles que se poderia facilmente imaginar resmungando, mas eu tinha ouvido um sibilo sutil quando ele pronunciou o "s", e olhei para ele.

Ele era um cara muito boa-pinta e, com aquela roupa, parecia forte também. Acho que tinha uns 24 anos e era tão bem-feito de corpo que quase chegava a bonito. Seu cabelo negro encaracolado despontava sob seu capacete, empurrado para trás de sua cabeça. Suas sobrancelhas eram abundantes e negras e corriam numa linha reta atravessando o seu rosto – sem ângulos nem curvas e, evidentemente, sem muito movimento. Os lábios eram de um vermelho escuro, profundos e bem-delineados, não se fundindo na pele macia de seu rosto que os circundava. Tinha uma cova profunda no queixo, tão pronunciada que eu me perguntei como ele conseguia se barbear. E havia uma sutil coloração azulada de uma saudável barba aparecendo através do seu profundo bronzeado. Sua face, da bochecha ao maxilar, era quase plana, talvez um pouco côncava, de modo que ele dava a impressão de ser uma combinação de todos os homens de colarinho, membros de fraternidade, jogadores de basquete e futebol e heróis de cinema do cenário americano contemporâneo. Era mais ou menos da minha altura, por volta de um metro e oitenta, e parecia capaz de se garantir em qualquer briga de rua ou encontro obscuro que pudesse ocorrer.

– Rapaz! – exclamou Mr. Perkins no melhor estilo nonsense. – Mostre o quarto 730 ao Mr. Rhodes – e me estendeu as chaves das três portas. – Ele está com a 31 e a 32, a suíte toda.

– Sim, senhor – eu disse.

Mr. Perkins não me enganava. A esta altura do campeonato eu já tinha bastante tempo de casa para saber que não eram os botões das minhas calças que atraíam os seus olhares para a parte inferior do meu corpo. Apanhei a mochila, sorri para Mr. Rhodes e disse:

– Por aqui, senhor – e fui na sua frente em direção ao elevador.

Quando chegamos lá, olhei para o cara e vi o lado esquerdo de sua boca se curvar numa espécie de meio-sorriso.

– Você é bem grande para um "rapaz" – ele disse.

– É o uniforme – eu disse –, e eu procuro me manter *ereto* – concluí, sorrindo um pouco.

Ele sorriu de volta. Estávamos sozinhos no elevador. Apertei o botão do 7º andar, deixei-o sair primeiro e depois me apressei para ultrapassá-lo na altura do 730.

– Eu ia dizer "Por aqui, senhor" – eu disse, quando abri a porta –, mas então me lembrei de que o senhor já esteve aqui antes.

– Várias vezes – disse Mr. Rhodes. – Eu costumo ficar com estes quartos. Gosto deles porque têm uma vista para o parque.

– Há muita agitação lá no Union Square – eu disse, com uma insinuação na voz a respeito do tipo de agitação. Aquele era o playground dos mariquinhas.

– Sim, eu sei – ele disse, e eu voltei a ouvir aquele pequeno prolongamento do "s".

Eu o olhei direto no rosto e então vi que seus olhos eram cinza-claros. Isto me desconcertou um pouco. Eu tinha acabado de ler uma história havia coisa de um mês sobre um tritão, e aquela tinha sido a forma como seus olhos haviam sido descritos – cinza-claros e sem alma. Pensei que os olhos de Mr. Rhodes eram como os do tritão – também tinham um certo olhar vazio.

Ele sorriu um pouco, o mesmo pequeno sorriso contorcido.

– Como é o seu nome, rapaz? – ele disse acentuando a palavra "rapaz" bem precisamente, fazendo com que isto se tornasse uma pequena brincadeira entre nós dois.

– Phil, senhor – eu disse. – Phil Andros.

Ele livrou os ombros largos de sua jaqueta de couro e a jogou numa cadeira. Estávamos na sala de estar da suíte.

– Deixe esta história de "senhor" para lá, certo? – ele disse.

– Certo, Mr. Rhodes – eu disse, sorrindo. – Qualquer coisa para agradar.

– Rex – ele disse.

Eu relaxei por completo.

– OK, Rex – eu disse, ainda sorrindo.

Ele me olhou de cima a baixo e então suspirou.

– Se alguma vez mudarem o uniforme do St. Francis – ele disse – eu deixarei de vir aqui.

Eu olhei para mim mesmo. Os uniformes eram realmente muito sexy. Uma jaqueta vermelho-brilhante justa e bem-talhada no peito, com três fileiras de botões acobreados que iam até os ombros. A fileira do meio corria da cintura até o queixo; as outras duas se arqueavam para fora e terminavam nas pontas dos ombros, de modo que o efeito final me fazia parecer maior do que na verdade eu era. As calças eram de uma cor bege, leve o bastante para deixar aparecer formas e sombras. Além disso, eu havia pedido a um alfaiate conhecido meu de São Francisco que fizesse algumas pequenas alterações nelas. Ele havia feito umas pences de cada lado, a ponto de eu quase ter medo de me sentar e ter de pensar duas vezes antes de me levantar para esperar o próximo hóspede, com medo de as calças se rasgarem na parte de trás. E ainda havia mais um pequeno truque. Ele me perguntou de que lado eu "o" colocava, e eu disse – o esquerdo. Ele então reforçou a costura na altura do pau e o deixou tão apertado que, se houvesse alguma dúvida antes a respeito do meu sexo, agora ela não existiria mais. O melhor de tudo é que o cara não pediu nenhum dinheiro pelas alterações que fez, apesar de ter querido outra coisa em troca. Eu não me importei, a esta altura eu já estava barganhando, trocando e vendendo havia um bom tempo.

– Sim – eu disse. – Eles são sexy, não são?

Rex Rhodes suspirou de novo.

– Vou direto ao assunto, Phil – ele disse. – A que horas você fica livre?

– Às 16h, sen... Rex – eu disse, e sorri.

– Pode vir para cá às três e trinta ainda de uniforme antes de largar o serviço? – ele perguntou. – Vou lhe dar vinte dólares por isso.

– C-com certeza, Rex – eu gaguejei. Vinte dólares era uma boa grana.

– Ouça – ele disse –, eis o que eu quero que você faça. Você virá até a porta do 731. Ela vai estar aberta. Então você se dirigirá até a janela onde as cortinas estão levantadas – as venezianas estarão viradas de modo que você não possa ser visto da rua. Então você vai tirar as suas roupas – calças, cueca, sapatos e meias. Mantenha a sua jaqueta vermelha. E então... ah... você cuida de si mesmo, entendeu?

Eu devo ter parecido muito confuso.

– Uh... – eu comecei.

– Haverá uma tela ao redor da cama – Rex disse impacientemente. – Você não deve tentar olhar através dela. Se o fizer, o acordo estará desfeito. Entendeu?

Ele estava sorrindo maliciosamente e umedeceu seus lábios com a língua.

– Não posso garantir, Rex – eu disse ainda sorrindo –, mas vinte dólares são vinte dólares, e nada de perguntas.

– Bom menino, Phil – ele disse, e apertou o meu ombro.

Então ele me levou à porta que dava para o quarto e apontou para uma prateleira de mármore.

– Seus vinte paus estarão lá – ele disse. – Depois que você terminar, vista-se novamente, pegue o dinheiro e vá embora pelo mesmo caminho. Certo?

– Sim, cara – eu disse. – Entendi perfeitamente.

– Está certo – ele disse. – Nos vemos então.

E foi assim que tudo aconteceu; tudo, ao pé da letra. Eu entrei às três e trinta, depois de dizer ao chefe que estava com câimbra e precisava de uma folga de alguns minutos. O quarto estava quase escuro e a tela estava colocada. Era feita de algum material fino, e, apesar de não poder vê-lo, eu sabia que ele podia me ver lá, de pé, contra a luz. Tirei a minha roupa do modo como ele me disse para fazer, dei um belo trato em mim e no tapete sem a menor pressa e então me vesti e fui embora, depois de pegar os vinte paus. Não houve sequer um som por trás da tela.

Olha, eu já estive com vários caras estranhos e figuras esquisitas nos meus 28 anos, mas esta foi a experiência mais extravagante que eu já vivi. Achei que Lefty me olhou de um jeito meio esperto no dia seguinte, mas ele apenas me perguntou quanto eu havia ganho de gorjeta (disse a ele dois dólares e não falei mais nada). Mas devo ter parecido confuso, e estava, com certeza, desconcertado. A única coisa que eu podia imaginar era que ele fosse um voyeur e só conseguia gozar olhando os outros. Por alguma razão eu me lembrei daquele velho homem do Union Square que costumava dar balas para os garotos e apostava que eles não seriam capazes de cuspir no seu sapato. E quando eles o faziam, ele gozava, e os tiras ficavam eternamente frustrados por não conseguirem lhe imputar nada. Talvez Rex fosse realmente apenas um voyeur, mas isto ainda não explicava a tela e várias outras coisas.

Vi Rex no dia seguinte. Ele estava irreconhecível. Vestia um elegante terno escuro, gravata cinza estreita e camisa branca e se movia pelo saguão como se o lugar fosse dele. Talvez realmente fosse.

Lefty me disse que ele valia por volta de 40 milhões, que seu pai tinha ganhado dinheiro com uma cadeia de lojas de doces e que ele sempre pareceu ser distante e fora da vida normal. (Lefty usou a expressão: "Um tipo nada sociável, um esnobe".) Mas o seu aspecto e o modo como se movia fizeram com que eu me lembrasse do personagem de um poema, Richard Cory, um cavalheiro da cabeça aos pés, puro e nobre, humano ao falar, mais rico que um rei e que "brilhava quando caminhava". Todos invejavam Richard Cory, mas ele foi para casa numa calma noite de verão e meteu uma bala na cabeça...

Não ouvi falar de Rex nem o vi até vários anos mais tarde, mas tinha a história na ponta da língua como se tivesse acabado de vivê-la. E então eu caí no mundo. Deixei o St. Francis uns seis meses depois (eles mudaram os uniformes – para azul-escuro), fui para o Texas e de lá para Chicago, onde rodei por um tempo, e depois fui para Nova Iorque. Transei com quase todos os vagabundos da 42nd Street e Times Square – nenhum trabalho fixo, morrendo de fome, a metade do tempo –, quando de repente tive a sorte de ser levado para passar a noite na casa de um dos fotógrafos da moda de Nova Iorque, um cara que fez muito dinheiro tirando fotos de modelos macérrimas em poses esquisitas para a Vogue e outras revistas elegantes. Bem, este cara me fotografou para suas aventuras não-profissionais –, seu álbum de garanhões, como ele o chamava –, e daquele dia em diante as coisas começaram a mudar para mim. Martin circulava nos melhores e mais ricos meios de Nova Iorque e conhecia gente de dinheiro ou com a habilidade de gerenciar uma bela estampa. Eles viram as minhas fotos no seu álbum e ... bem, não é preciso ser um perito para saber o que aconteceu depois. Eu tive mais ofertas do que as com que podia arcar e, depois de agitar bastante no mercado graças a essas fotos, finalmente me assentei mais ou menos permanentemente com um jovem homem de negócios que estava a caminho do sucesso.

De uma certa maneira, eu gostava do pessoal de Nova Iorque. Eles se comportavam de um modo bem masculino e não eram de muita frescura. Se alguém enfeitasse a sua jaqueta de couro com pêlo de jaguatirica ... bem, isto não acontecia com muita freqüência...

Todos eram polidos e bem-vestidos, esnobes, é claro, mas a maioria tinha aquele tipo de elegância que se associa ao dinheiro. Eu chegava a admirar esse ar deles, por mais afetado que fosse às vezes, por eu mesmo ser, de certo modo, pouco refinado e rude. Mas eu era capaz de "adaptar a minha coloração", como eu acho que os biólogos dizem. Esta parte era fácil, contanto que Pete pagasse as contas nos alfaiates e importadores de sapatos.

A única hora em que eles realmente deixavam cair a peteca era ao telefone. Não sei por quê, mas sempre me pareceu que aquele maldito aparelho fazia a *belle* deles vir à tona. Eles gritavam e ficavam afetados quando falavam nele, e às vezes tagarelavam por horas, como velhas fofocando sobre os vizinhos no parapeito da janela.

Uma noite eu estava lendo o jornal no apartamento de Peter, na Park Avenue, brincando com um Scotch-on-the rocks, e Pete gritava com alguém ao telefone.

– ... e quem vai estar lá? – ele gritou e, depois de ouvir a resposta, disse – E Rex também? Meu Deus, querido, eu não o vejo desde o Yurp. Ele foi para onde? ... Marrocos? Oh, aqueles árabes! Aposto que ele... espere, vou perguntar ao Phil.

Ele cobriu o bocal do fone e se virou para mim:

– Quer ir a uma orgia? – ele disse. – Bill Steaton está armando uma. Muitas das pessoas que você conhece vão estar lá. .. Jim, Clem, Jack, Lou e mais uma meia dúzia. E Rex Rhodes. Já ouviu falar dele?

– Hum... – murmurei, muito descompromissado.

Ouvi falar de Rex, é claro. Mas eu não sabia como me sentia a respeito dessas surubas nova-iorquinas. Eu já tinha caído na vida havia uns quatro anos e, para falar a verdade, ainda não sabia se era homo, hétero, bi ou assexuado. Essas festas sempre me deixavam meio desconfortável – nunca sabia qual era o papel que eu queria assumir, nem exatamente o que eu era ou sequer se queria estar lá.

– Bem – eu comecei.

– Ora, vamos – disse Pete um pouco irritado. – Faça um favor a si mesmo. Talvez você descubra o que realmente é.

Eu concordei e nós fomos, mas não descobri muito além do que já sabia. Era uma festa típica. Todo mundo enchia a cara até a hora de tirar a roupa. A esta altura podia-se sentir a tensão no recinto, sob todas as observações e "diálogos brilhantes e inteligentes", que não passavam de simples falação sobre as pessoas. Rex não pareceu me reconhecer, mas eu certamente o reconheci. Ele não tinha mudado nada – ainda tinha o mesmo corpo bem-formado, a mesma quantidade de cabelos negros encaracolados, os olhos acinzentados e o furinho no queixo. Suas fortes qualidades transpareceram sob as calças e jaqueta quando ele se sentou, falando muito pouco, sorrindo ocasionalmente, aquele sorriso de soslaio, mais elegante e invejado que Richard Cory. Seus tornozelos estavam cruzados como elos negros de uma corrente lustrosa, sua gravata perfeita, seus sapatos brilhando.

Sabia-se que todos naquele recinto, possivelmente eu também, estavam medindo um ao outro, decidindo o que fazer quando a farra começasse. Quando Bill Seaton diminuiu as luzes, pôs uma música suave e então começou a tirar a sua blusa, todos nós o imitamos.

Eu achei que conhecia o funcionamento deste tipo de festa, a julgar por outras das quais participei, mas de repente tudo foi muito diferente. Na maioria das vezes havia muitos casais. Nós estávamos em dez naquela noite. E sete de nós, como se tivesse havido um ensaio, dirigiram-se para Rex Rhodes quando ele tirou a roupa. Sobrou apenas uma pessoa que veio em minha direção, e adivinhem quem era? Pete.

Eu nunca tinha visto alguma coisa parecida com aquilo. Estavam todos sobre Rex. Ele estava deitado de costas sobre o chão, com o braço direito sobre os olhos, seu longo corpo perfeito esticado, as pernas afastadas...

E então quatorze lábios e mãos entraram em ação – por todo o seu corpo, cada palmo – pés, dedos, braços, orelhas, tórax, pernas e o personagem principal, é claro. Eu estava tão fascinado que mal podia desviar os olhos do espetáculo. Aquilo me fez lembrar do episódio de uma peça em que jovens que haviam sofrido abusos, nativos de uma ilha – italiana? – literalmente comeram, devoraram o filho elegante que antes os havia atacado. Lá estavam eles, como abutres sem asas, mastigando, lambendo, comendo a carcaça branca prostrada, ofertada num banquete macabro...

Rex não se mexeu, não tirou o braço dos olhos. Eu ouvi os sons característicos do ato sexual, audíveis sobre a suave e rápida música de Vivaldi. Eu podia ouvir as pequenas lambidas, o suave som das línguas movendo-se sobre a carne, os choques ocasionais. Eu vi as grotescas mudanças de posições dos corpos presentes. E de repente tudo se transformou num terrível pesadelo, uma composição das antigas ilustrações de Gustave Doré sobre o inferno, as pinturas de Breughel e os desenhos de Hieroymus Bosch – os monstros cheios de dentes em suas terríveis atividades, súcubos voadores em suas tarefas negras e aterrorizantes...

E então, sem aviso prévio, o meu próprio mundo foi pelos ares, numa explosão escarlate, um flash que cegava e tirava todos os outros pensamentos da minha cabeça – inesperado, total, aniquilador. Eu não me preocupei mais com Rex ou com os que me cercavam por vários exaustivos momentos, enquanto voltava da "pequena morte". Uma espécie de consciência foi gradualmente se insinuando em mim, minhas artérias voltaram a pulsar depois de sua repentina contração, e tomei consciência de que eu finalmente tinha voltado a respirar. Pete estava ao meu lado, abraçado a mim, seu nariz em minha axila. Eu acariciei os seus ombros e percebi que estavam úmidos de suor.

O banquete ao nosso lado continuava. Pete levantou sua cabeça, olhou para eles e então sussurrou no meu ouvido:

– Vamos nos vestir e tomar mais uma bebida – ele disse.

– OK – eu disse –, mas você não quer olhar?

Ele deu mais uma olhada naquela direção.

– Não – ele disse suavemente. – Nunca acontece nada. É sempre assim. Eles se abatem sobre ele e ele nunca reage.

– Nunca? – eu sussurrei de volta. – De jeito nenhum?

– Nunca.

Nós deslizamos até nossas roupas e fomos para a cozinha, movendo-nos silenciosamente entre os corpos brancos, uns sobre os outros, na semi-escuridão. Vivaldi cedeu lugar a Scarlatti. A frenética e tilintante melodia me deixava nervoso. Quando Pete abriu a porta que dava para a cozinha, uma nesga de luz caiu por um momento sobre os corpos que se moviam lentamente e inquietos. Por um terrível momento, vieram à minha mente imagens de larvas trabalhando na carne branca morta; e então a porta se fechou e um grau de normalidade retornou sob a incandescente luz amarela da cozinha, o ambiente familiar, o fogão, a geladeira, a mesa e as cortinas. Eu ainda tremi algumas vezes lembrando da escuridão do recinto ao lado, as catacumbas, o silêncio, as coisas brancas trabalhando...

Eu estava suando.

– Ele nunca... nunca? – eu disse.

Pete jogou alguns cubos de gelo num copo.

– Um cara excêntrico – ele disse. – Ele podia ter qualquer um no mundo, com seu aspecto e dinheiro. Mas ele nunca ficou com alguém mais de uma vez, exceto por alguns meses com um jovem acrobata que ele arranjou no circo Barnum e Bailey, ou algo assim – e tamborilou sobre o meu ombro. – Não, ele nunca reage – disse ele respondendo à minha pergunta.

– Sei que não é certo falar sobre uma transa – eu disse –, mas acho que posso confiar em você, companheiro.

Contei a ele sobre o acordo em São Francisco. Quando terminei, Pete encolheu seus ombros e moveu a cabeça um pouco para o lado.

– Com certeza é estranho – ele disse, e então pôs sua cabeça no meu ombro. – E você, já sabe agora o que é?

– Sim – eu disse. – No momento sou um cara desconcertado. E talvez um pouco chocado.

Pete e eu ficamos juntos por quase um ano, e então ele foi cantar em outra freguesia. Acho que se cansou de mim porque eu nunca cooperava muito com ele. Ele não era o tipo que realmente me excitava quando eu queria um homem. Não tivemos uma briga ou coisa parecida – nestes círculos as pessoas apenas se recolhiam, nunca brigavam – e continuamos sendo bons amigos. Eu estudei o mercado por um tempo e decidi que talvez fosse a hora de voltar à ativa, portanto uma noite liguei para o bom e velho Martin, cujas fotografias me haviam iniciado tão bem no meio, e perguntei se poderia dar um pulo até o estúdio para vê-lo.

– Claro – ele disse. – Vai me deixar tirar mais algumas fotos?

– Se você quiser – eu disse.

– Certo – ele disse. Venha cedo, por volta das sete. Compre uma camiseta nova, um número menor, e traga um pulôver. Do resto cuido eu.

Cheguei ao estúdio pontualmente às sete. Ele estava ocupado com as luzes e acessórios.

– Olá – ele disse, apertando a minha mão. – Tenho a idéia

certa para você. Vamos dar ênfase a essas suas belas pernas e depois nos concentraremos no tórax e rosto. Ouvi dizer que você voltou ao mercado.

– Sim – eu disse.

Martin ainda era um cara bonito. Seu cabelo era branco, mas ele o mantinha gracioso e arrumado. Alguém havia me dito que ele se exercitava numa academia quase todo dia. A idéia de envelhecer o matava.

– Como é que vai me pagar por pô-lo novamente no mercado? – ele perguntou, sorrindo.

Eu dei de ombros.

– O que você quiser – eu brinquei. – Uma comissão? Um pagamento?

Ele sorriu.

– Um pagamento bem roliço de várias polegadas, o mesmo que da outra vez.

– Por mim tudo bem – eu disse. – Não preciso pensar muito a respeito.

Ele continuou a mexer nas luzes.

– Quer dar uma olhada no meu último volume de bonitões? – ele perguntou. – Está lá em cima da mesa.

Peguei o volume enorme de aproximadamente 90 cm, coloquei sobre o divã em que eu estava sentado e comecei a virar as páginas devagar. Acho que minha personalidade ficou bastante abalada depois do tempo que passei em Nova Iorque, pois todos os rapazes me pareciam mais bonitos desta vez, e cada fotografia, uma obra de arte. Aqui não havia trabalho feito às pressas. Cada uma delas tinha sido adoravelmente planejada – pontos fortes enfatizados, pontos fracos escondidos. O rosto de um jovem italiano coberto de sombras num canto do quarto, as costas de um rapaz com um raio de sol pairando sobre ele através de uma lente que distorcia a luz suavemente, um escandinavo alto de suéter branca, tornozelos cruzados sobre perfeitos pés desnudos... Eu sabia, devido à minha experiência prévia com Martin, por que cada uma delas era tão soberba. Ele tirava inúmeras fotos de cada pose. Eu o vi checando-as, removendo impurezas, angustiado por horas tentando decidir qual entre duas revelações era a melhor. Nenhum fotógrafo comercial poderia gastar tanto tempo ou fazer tantas revelações à procura da certa, da absoluta...

Então eu virei a página e vi Rex Rhodes. Ele estava pendurado num trapézio, e as sombras de seu corpo e das cordas se projetavam ao fundo, à direita. Os magníficos músculos de seu braço em expansão total por ter de suportar seu peso; seu corpo pendia reto da barra do trapézio, como uma flecha. Ele estava usando uma roupa preta de ginástica sedosa, apertada, cortada em arco perto de seu umbigo. E olhava para baixo, um pouco de lado, meio sorrindo. Um jovem um pouco menor, bonito, escuro e vestido de maneira similar, estava ajoelhado abaixo dele, seus braços ao redor dos joelhos de Rex, adorando o corpo grande e retesado. Uma luz lateral captou os perfeitos músculos das pernas de Rex, transformando seus pêlos numa aura luminosa, e depois caiu sobre o rosto do italiano, voltado para cima.

Fiz um som de admiração.

– Qual delas? – disse Martin.

– Rex Rhodes – eu disse. – Pendendo de um trapézio. Bonito, realmente poético. Quem é esse garoto bonito com ele?

– Giovanni – disse Martin, ocupado com seus fios e tomadas. – Um acrobata do circo Barnum e Bailey.

Eu virei a página e perdi o fôlego. Lá estavam três fotografias, todas só de Rex, e desta vez de cuecas brancas. A do alto mostrava Rex na posição de aranha, tirada de cima, seu queixo no chão com os braços estendidos largamente. Ele tinha conseguido, mediante uma alquimia conhecida apenas por alguns acrobatas, curvar a espinha para trás, até que os pés pudessem tocar o chão em cada lado da sua cabeça. Os olhos estavam abertos e ele olhava direto para mim. A segunda foto mostrava-o de lado na mesma pose; era uma contorção monstruosa. E a terceira, de costas, que ele havia curvado no sentido contrário, levando as pernas para trás e segurando-as com os braços de modo que o seu rosto, voltado agora sonhadoramente um pouco para o lado e com uma infalível expressão de felicidade, apesar de os olhos estarem fechados, repousava sua bochecha contra seu pau.

– Não imaginava que Rex fosse um contorcionista deste nível – eu disse.

– É um hobby dele – disse Martin, apertando um lençol de papel branco em algumas roldanas. – Ele tem as articulações superflexíveis. Quase ninguém sabe disso, mas eu tive que dar duro para conseguir convencê-lo a tirar estas fotos.

Havia um tumulto em minha mente. As peças do quebra-cabeça a respeito de quem realmente era Rex Rhodes finalmente se encaixavam como os prismas de um diamante que retomavam o seu lugar. E qual era a figura que as peças formavam ao final de tudo? Nada demais, realmente, apenas uma delicada e simples flor de primavera com seis pétalas brancas afixadas, crescendo sobre um delgado caule verde com folhas pontiagudas. Do gênero *Tazetta*, eu acho. Narciso.

De uma certa maneira, eu o invejava – pois somente ele, de todos os homens que conheci, era o absoluto, o restrito, o auto-suficiente, o único que jamais sentiria as tormentas e os flagelos do ciúme ou de um amor não-correspondido, nem a aguda mordida do ódio, nem a dor prosaica da solidão. Ele tinha a si mesmo e isto era tudo o que ele queria, era tudo o que importava.

3
O garoto da páscoa

Quando se encontra um cara chamado Pasquale durante a semana da Páscoa, pode-se muito bem esperar que mais coisas estranhas aconteçam.

Era no mínimo uma curiosa coincidência encontrar um cara com um nome daqueles naquele período. Pelo que vim a saber mais tarde, ele sempre aparecia nesta época do ano em São Francisco, nos dias que antecediam a Páscoa. E depois ninguém mais o via até o ano seguinte, quando ele voltava belo e sofisticado, sempre montado em sua grande e negra motocicleta cromada, parecendo ter acabado de voltar do sol das Bahamas ou das ilhas Catalinas.

Quando o vi pela primeira vez, ele estava sentado num banco no Tail Lite, que era um dos "bares leather" de São Francisco, um lugar para rapazes que gostavam de usar roupas de couro e fingir que eram grandes heróis durões. Naquele ano era moda seguir os padrões de Moonlight e Bosh e toda aquela babaquice que se fazia passar por Fun & Games, que os rapazes gays chamavam de sadomasoquistas e que tinham tanta relação com a coisa real quanto um diamante Woolworth com outro de 10 quilates da Tiffany.

Não sei por que diabos fui parar no Tail Lite, o último lugar do mundo em que um michê vestido de couro poderia esperar arranjar alguma coisa, mas talvez fosse porque eu queria uma bebida ou porque estivesse deprimido. Nunca neva ou fica realmente gelado em São Francisco, mas não deixe que os nativos te enganem fazendo-o pensar que é verão o ano todo. Não é. Na Páscoa faz bastante frio, assim como em meados de dezembro.

No minuto em que vi o novo garanhão, alguns versos havia muito esquecidos de um poema para Bufallo Bill surgiram em minha mente: "Deus, ele era um homem bonito! E o que eu quero saber é – Como quer o seu rapaz de olhos azuis, Dona Morte?"

Havia muitos bancos vazios, era fim de tarde, mas eu me sentei ao seu lado, e quando Tony, o barman, me perguntou o que eu queria, eu disse "cerveja", e peguei um pretzel. Tony apanhou uma garrafa e a colocou na minha frente. Ele tinha cabelos negros encaracolados e uma argola de ouro numa orelha. Fazia um estilo cigano, mas na verdade vinha de uma família irlandesa de Kansas City.

Eu pus uma nota de um dólar no balcão e disse:

– E aí, o que é que rola?

Tony e eu tínhamos ficado juntos havia uns quatro meses, quando eu fiquei tão bêbado uma noite que ele teve de me levar para casa e me botar na cama. Ninguém pagou nada para ninguém por aquela.

Ele balançou a cabeça.

– Nada – ele disse. – Um dia perfeitamente estúpido.

Eu olhei para o garanhão de olhos azuis.

– Aquela moto lá na frente é sua?

Eu usei "moto", como era moda então.

– Sim – ele disse.

– De onde você é? – quis saber.

Ele moveu seus ombros largos cobertos pela jaqueta de couro.

– Do mundo – respondeu. Mas sorriu um pouco com o canto da boca ao mesmo tempo.

É claro que eu havia cometido um engano. Ele estava vestido como um michê e eu achei que ele era. Ambos vestíamos roupas idênticas, desde as jaquetas pretas de couro e capacetes às calças Levis e botas. Eu esqueci por um momento que estávamos num "leather bar", onde todos se vestiam do mesmo modo. E esqueci que ele tinha uma motocicleta. De vez em quando encontra-se um moto-queiro de verdade num bar de motoqueiros.

Ele era um daqueles caras para quem até mesmo um homem de verdade olharia duas vezes – covinha no queixo, pele bronzeada, olhos azul-claros, cabelos negros caindo sob o seu capacete, uma boca bem-feita, nariz retilíneo, belas sobrancelhas e barba. Seus olhos eram a coisa mais perturbadora nele. Eles não combinavam com sua cor escura e sua pele bronzeada.

Eu olhei para o seu pau e dei um sorrisinho.

– O que é tão engraçado? – ele perguntou, não querendo brigar, apenas neutro.

– Você é um rapaz bem grande – eu disse. – Estou vendo que vestiu suas calças no melhor estilo "jamais ficarei só novamente".

Ele olhou para baixo e sorriu também.

– Se você não está fazendo programas – eu prossegui –, deveria. A riqueza deve ser dividida. Você parece bom demais para ser desperdiçado.

Ele tomou um gole de cerveja.

– Como estão os programas por aqui? – ele disse, interrompendo o assunto de tal forma que eu deveria ter compreendido que deveria deixá-lo de lado.

– Oh, mais ou menos – eu disse.

– Quanto você ganha geralmente?

Era a minha vez de dar de ombros.

– Dez por uma rapidinha – eu respondi. – Pela noite inteira uns vinte ou vinte e cinco.

Ele olhou para mim.

– De agora até meia-noite – ele disse. – Vinte e cinco?

Eu estava com a boca cheia de cerveja e engasguei. Limpei o queixo e disse:

– Meu Deus!

– O que foi?

– Um cara boa-pinta como você deveria ser pago – eu disse –, não pagar!

Ele balançou o seu copo.

– Digamos apenas que eu nunca paguei antes – retrucou – e que gostaria de saber como é comprar alguém.

Eu fiz um meneio de cabeça.

– OK – concordei. – Você é quem manda. Quando quer ir?

– Agora mesmo – falou, levantando-se do banco. Eu o segui.

– Onde você está hospedado?

Ele sorriu dengosamente.

– Standford Hotel – ele disse.

– Droga.

Num primeiro momento pensei que não poderíamos entrar lá vestidos daquele jeito, mas depois me lembrei: os apartamentos do Standford ficavam na Nob Hill, do outro lado do Fairmont Hotel e abaixo do Mark Hopkins. – Uma vizinhança realmente elegante, mas a montanha era tão íngreme que num dos lados do prédio do Standford, de frente para a base da montanha, havia um espaço em forma de V, perto do ângulo mais agudo da inclinação, onde haviam construído um pequeno hotel apenas para homens – quartos com paredes atapetadas, banheiros e chuveiros comunitários. Aquele era o Standford Hotel. Um grande lugar para os gays ficarem quando vinham à cidade, mas era preciso alugar o quarto por um mês. Isto encarecia o custo no caso de se querer o quarto por apenas uma semana, mas a liberdade era tão legal e a gerência tão liberal que muitas pessoas pagavam por um mês inteiro de bom grado.

– Oh – eu sorri para ele. – A Rodovia da Vaselina.

– Um belo lugar para ficar – ele disse. – Tem até uma garagem para a minha motocicleta.

E então olhou novamente para mim, vestindo suas luvas negras.

– Você não se importa de ir comigo na moto?

Eu notei um sotaque estranho – não era exatamente inglês. Parecia australiano ou canadense.

– O que você é, afinal? – perguntei a ele.

Ele me olhou com uma expressão curiosa.

– Quero dizer – me apressei –, você é inglês ou algo parecido?

– Moro no Canadá – ele disse –, apesar de passar um bom tempo nas Bermudas. Sou italiano – acrescentou, quase desnecessariamente.

– Isto explica o bronzeado em pleno inverno – concluí.

E Bermudas costumava significar dinheiro.

– Em parte – ele disse.

Estávamos do lado de fora do bar, na esquina. Um vento forte soprava sobre a baía e era possível sentir seus dedos frios investigando sua face e brincando ao redor do pescoço. Ele olhou para o monstro negro radiante e cromado, uma besta que vociferava e às vezes chegava a matar.

– Já andou de moto antes?

– Claro – respondi.

– Subindo as montanhas de São Francisco? – ele perguntou.

– Não, não exatamente.

– Tem de se inclinar para a frente nos declives – ele disse.

– E rezemos para não toparmos numa pedra e cairmos para trás – eu terminei.

– É mais ou menos isso.

Eu passei a língua sobre os lábios nervosamente. A máquina de repente parecia um grande desejo mecânico de morte.

– Espero não estragar o meu uniforme – eu disse.

Ele riu.

– Oh, não creio que isso vá acontecer.

Ele levantou o descanso com um tornozelo e alinhou o animal paralelo à esquina. Eu me sentei no banco de trás do monstro. Ele pulou sobre o acelerador e o bicho ronronou, ganhando vida.

Eu o agarrei ao redor do peito e lá fomos nós. Cara, eu não confessaria isto por nada, mas era a primeira vez em que eu subia numa daquelas malditas máquinas. Talvez a última. Eu não tinha viseira e o vento fez com que em um minuto meus olhos se enchessem de lágrimas, de modo que eu mal podia enxergar. E estava frio, cara, frio! Meus olhos estavam quase fechados. Eu não podia nem ao menos acompanhar nosso caminho pela cidade. Eu apenas o agarrei mais forte e me curvei para a frente. Era realmente necessário se inclinar bastante para encontrar o centro de gravidade, agora entendia o que ele havia dito a este respeito. A sensação era a de que, se realmente topássemos com uma pedra, seríamos cuspidos para trás como chamas, como um disco de fogos de artifício. Foi uma corrida horrível.

Eu não podia ver nada quando chegamos à esquina da Califórnia com a Powell e entramos na garagem dos apartamentos. Só sabia que tinha ficado escuro. Finalmente consegui abrir os olhos e limpei as lágrimas com as costas das mãos. Meus joelhos estavam trêmulos e eu tentei encontrar uma coluna na garagem na qual pudesse me apoiar. Estava escuro e acho que ele não percebeu.

– Cara, isto é que é uma máquina – comentei num tom que, esperava, soasse como de admiração.

– A melhor – ele disse afeiçoadamente.

– Vai matá-lo um dia desses – eu disse.

Ele deu de ombros daquele jeito italiano.

– Quem se importa? – ele perguntou.

À medida que meus olhos se acostumaram à escuridão, eu olhei para ele. Estava de pé com as pernas afastadas, tirando as luvas. Nossa, ele era boa-pinta! E então percebi uma outra coisa. A luz lateral de um globo descoberto o iluminava.

– Dirigir aquela coisa sempre o excita tanto assim?

Ele olhou para baixo e riu um pouco.

– Normalmente sim – ele disse. – Sabe, tudo acaba se misturando. La Morte – ele disse, colocando sua mão sobre a besta negra – e l'Amore. A Morte e o Amor. Tudo faz parte do Todo.

Ele esfregou o seu pau e sorriu para mim.

– Além do mais, você estava com os braços em volta de mim.

– Ah, sim – eu disse, curto e grosso.

Comecei a me perguntar por que havia me metido naquilo. Ele se comportava como se fosse um excêntrico. Ou um filósofo, o que era pior. Também notei outra coisa. Quando ele falava, seus olhos se voltavam para cima de modo que só se podia ver a base de suas íris, como pequenos quartos de lua pálida, e então os olhos tremiam um pouco, rapidamente, como uma senhorita coquete. Era um hábito desconcertante, uma espécie de tique nervoso. Fazia pensar que a qualquer momento ele poderia sacar um leque de sua jaqueta de couro, abri-lo e esconder o seu rosto por trás dele, bancando a mocinha tímida. Um leque preto de couro, é claro.

Seu quarto era maior que aquele em que eu havia morado no Embarcadero Y. Tinha belas paredes acarpetadas e uma cama de estúdio. Era bem mais aconchegante que o meu, com aquela escuridão quase religiosa e um odor de Lysol que você encontraria em todos os Y pelo mundo. Construído para ser bom para o espírito, eles pensavam, contanto que não tivesse cor ou conforto.

Eu ainda estava com as pernas um pouco bambas, portanto achei que poderia tirar uma certa vantagem disto ou pelo menos disfarçar. Eu me joguei sobre a cama e cruzei as mãos atrás da cabeça. Um pé ainda estava no chão. Então olhei para ele.

– Bem, cara – eu disse –, você pode pelo menos fazer o seu dinheiro valer a pena. Venha cá tirar a minha roupa. Tire as minhas botas.

Ele passou a língua sobre o lábio inferior e então disse:

– Você gosta disso?

Ele se ajoelhou no chão e ergueu o pé que não estava na cama, colocou o salto no seu pau e começou a desafivelar a bota. Então pegou o pé pelo salto, ergueu-o mais alto e colocou-o contra a sua bochecha, com os olhos fechados. E, de repente, sem nenhuma razão aparente, uma pequena lágrima cristalina se espremeu de um olho seu e tomou um rumo tortuoso pelo rosto bronzeado.

Deve ser legal ser esperto e inteligente, mas às vezes me parece que quanto mais se sabe mais infeliz se é. Minha "filosofia", se é que eu realmente tinha alguma, além de apenas uma boa aparência, seria bastante simples se traduzida em palavras. Eu levo a vida tirando prazer das sensações – o sabor de uma pizza com coca-cola, a visão de um corpo bem-feito, a sensação de uma boca ou outro orifício acoplado a mim onde ele pode ser mais eficiente, ouvir uma música da qual eu goste, o cheiro de gasolina, couro e axilas. Felizmente, meu pai me fez com um pouco de cada uma das melhores essências básicas, rotuladas de "Bons Corpos", e acho que devo fazer o melhor uso que puder daquilo que tenho enquanto estiver em forma.

Pasquale – sim, este era o seu nome. Eu nunca me enfio na cama com alguém sem saber o seu primeiro nome. Pasquale fez o que quis comigo, mas o único problema é que "o dele" não funcionava. Eu me deitei de costas olhando para o teto, fumando um cigarro e pensando como eu era sortudo por ter um que funcionava em vez de um quebrado. Depois que ele terminou comigo – ou eu terminei com ele, dependendo do ponto de vista –, tentei quase tudo para excitá-lo e satisfazê-lo. Sem chance. Nem sinal de vida. Nada. Fora de funcionamento. Fechado para conserto (mental ou emocional); *ça ne marche pas.*

Olhei para o meu relógio. Oito horas. Quatro horas ainda até eu ganhar o meu dinheiro. Pasquale não disse nada por um tempo. Estava deitado de costas para mim, com um braço sobre o rosto. Eu alcancei as suas bem-formadas costelas, dei uma mordida no bico do seu peito e uma fungada nas suas axilas de cheiro masculino genuinamente desodorizado. Ele fez um movimento sutil com seu tórax, virou-se e sorriu um pouco para mim.

– Não quero que você durma e desperdice todo este dinheiro – eu disse. – Que tal tentar... – e eu detalhei um pequeno plano que tinha em mente.

Ele fez um leve meneio de cabeça.

– Não, obrigado – ele disse. – Não se preocupe. Afinal de contas, eu estou a caminho da Iluminação.

– Zen? – perguntei cuidadosamente.

Ele fez que sim.

– Sabe alguma coisa sobre isso?

– Não muito – eu disse. – Algumas histórias são malucas, cara... Como aquele cara que pergunta para o seu mestre: "Por que todos os gansos estão indo embora?" Então o mestre zen aperta o nariz do cara e diz: "Você está dizendo que eles foram embora, mas eles estão aqui desde o começo". O cara então começa a suar frio nas costas e vê a luz, pronto. Feliz Satori.

Não sabia se Pasquale estava rindo ou chorando, mas ele estava se sacudindo. Finalmente, ele disse:

– Isso está mais ou menos certo.

Eu me virei de lado para ele.

– Você é um iluminado?

Ele balançou a cabeça.

– Já pensei que fosse – ele disse. Numa caverna no monte Kinabalu, ao norte de Borneo. Escalando a montanha com dois guias malaios louros. Tivemos de passar a noite lá.

– O que aconteceu?

Pasquale parecia um pouco embaraçado.

– Foi... maravilhoso. E tudo em silêncio. Eles me comeram e então eu os comi. Eu achei que finalmente tinha conquistado o vazio interior.

– Acho que de certa maneira você o alcançou – eu disse. – Só que eu acho que só você se esvaziou. Há uma diferença.

– Talvez – disse Pasquale. Houve um grande silêncio.

Eu recomecei a me preocupar a respeito de ele não ter se divertido, mas é difícil dizer: talvez um tipo filosófico como ele, a caminho da Iluminação, vinte e cinco paus o lance, não quisesse ter os seus orgasmos. De qualquer modo, achei que deveria tentar mais uma vez. Dei uns tapinhas em suas costas.

– Nós podíamos trazer a sua moto aqui para dentro – eu disse jocosamente. – Percebi que você fica bastante excitado sobre ela.

Mas ele me levou a sério.

– Sim, acho que isto iria funcionar – ele disse.

– Você está brincando!

Ele tremelicou os olhos de novo.

– Talvez não – ele disse. – Mas é muita encrenca.

– Sim – eu disse, pensando no que o gerente do hotel diria se visse isso. 'Oh, não se preocupem senhores, eu tenho um amigo que é impotente e só dá no couro se for para a cama com sua motocicleta favorita. Sim, tem de ser uma Harley Davidson. Está tudo em perfeita ordem. Se cair gasolina ou graxa nos lençóis, nós mandaremos lavá-los'.

– Ou será que não? – ele disse, depois de um momento. Ainda estava pensando na moto.

Eu dei uma mordida forte com meus dentes de trás. Espera-se muito de michês. Eles devem ser como padres, psiquiatras ou barmen. Espera-se que eles nunca se choquem, nem mostrem qualquer surpresa. Eu já tinha visto vários fetichistas a esta altura, alguns rapazes de couro e coisas assim, mas nunca alguém apaixonado por algo tão sem graça como uma motocicleta. Tinha suas desvantagens, com certeza.

Eu dei uma pigarreada.

– Acho que não é muito complicado – eu disse. – O único problema é: como a garagem se conecta com esta parte do prédio? Será que a maioria das pessoas não saiu para jantar agora? E será que poderemos levá-la de volta depois, para que não tenhamos de mantê-la aqui a noite toda?

Pasquale estava ficando excitado. Ele parecia estar voltando à vida. Seus olhos começaram a brilhar um pouco. Ele se ergueu na cama sobre um cotovelo.

– Há uma rampa num dos lados da garagem – ele disse. – E acho que ela dá direto para a porta no fim daquele corredor.

– Vamos dar uma olhada – eu disse, levando minhas pernas da cama para o chão.

Bem, foi assim que fizemos. Não foi tão complicado quanto eu achei que seria. A rampa levava à garagem, que também era a lavanderia. Suponho que as tábuas de madeira tenham sido colocadas lá para facilitar o trabalho das criadas de levar seus carrinhos até as máquinas de lavar. De qualquer modo, Pasquale dirigiu a moto até a porta e esperou ali enquanto eu cobria o corredor. Eu chequei os chuveiros e banheiros comunitários. Havia um cara se barbeando e um outro começando a tomar uma ducha. Tinha uma porta aberta no corredor, mas ninguém no quarto. Provavelmente um dos dois caras do banheiro morava lá. Voltei então para a porta metálica, abri-a com parcimônia e depois a escancarei, e Pasquale levou o monstro para dentro do quarto.

A operação inteira não levou mais de um minuto e meio, mas eu suava como uma besta quando fechamos a porta atrás da coisa. Deus, ela parecia grande num quarto tão pequeno! Carregava consigo sua própria aura de odores – aço, gasolina e couro.

Pasquale baixou o descanso e deixou a besta inclinada. Seu belo rosto estava brilhando de prazer. Ele esfregou as mãos sobre o couro e então sobre os guidons.

– Caramba – ele disse suavemente, e depois de novo –, caramba!

Ele começou a acariciá-la como a uma amante por alguns minutos. Eu pigarreei novamente.

– Hum... – eu disse – também estou aqui.

Ele não me ouviu realmente, mas olhou para cima com a interrupção.

– Estou me sentindo completamente diferente em relação a ela – ele disse –, vendo-a aqui neste quarto.

Ele tocou o pára-lamas posterior.

– Mais próximo do que na garagem, quando estou cuidando dela.

– Talvez devêssemos tentar deitá-la na cama para que você pudesse se aproximar de verdade – eu disse ironicamente.

Consegui chamar a sua atenção com esta pergunta e ele sorriu um pouco para mim.

– Desculpe – ele disse. – Acho que eu estava realmente longe.

– Concordo plenamente, cara – eu disse. – Você estava longe mesmo. Foi embora.

Ele começou a tirar a blusa.

– Vamos? – ele disse.

– Vamos o quê? – perguntei de modo hostil.

– Está preparado para mais uma rodada? – ele me perguntou e se sentou para tirar as botas.

– Claro, claro – eu disse.

Neste meio tempo ele já tinha se livrado das calças e olhou para a besta negra e prateada.

– Acho que deveríamos ligá-la – ele disse.

– E-ei! – gaguejei –, de jeito nenhum! Isto já seria demais.

Ele continuou a olhar fixamente para a moto. Então, acreditem se quiserem, ele começou a mostrar sinais de excitação. E disse:

– Gostaria de mergulhar nela, de trazê-la à vida.

– Você está ficando realmente metafórico – eu disse. – Não vou conseguir te acompanhar assim, cara.

E então lancei sobre ele uma das três frases que eu sabia em latim:

– Está dizendo que quer ver o "et incarnatus est" acontecer de verdade?

Ele me olhou surpreso.

– Sim, exatamente isto – ele disse. – E a máquina se fez carne.

Eu sou um tipo prático. Tudo bem lidar com símbolos, mas é preciso fazer uma forcinha para transformar o simbólico em real.

– Bem, pra isso – eu disse – você vai precisar de corda. Tem alguma na sua mala, cowboy?

Ele olhou para mim de uma forma estranha.

– Sim – ele disse finalmente.

Olhei para o local que ele havia apontado e encontrei vários pedaços de tecido de quase dois metros de comprimento. Então eu os ajustei e fiz um gesto para ele.

– OK – eu disse. – Ponha a sua bunda naquele assento e curve-se para a frente.

Movendo-se como se estivesse em transe, ele se sentou no banco e se inclinou para a frente. Então eu o amarrei apertado na motocicleta, as mãos no eixo da frente e os tornozelos atrás. Empurrei uma cadeira pesada contra o lado da motocicleta para ajudar a equilibrá-la. Então tirei a roupa e montei na moto também. Senti o calor do exaustor contra a minha panturrilha, mas ele já tinha esfriado quando nossa segunda e mais selvagem corrida terminou.

Alguns dias depois eu dei um pulo no Tail Lite de novo. Tony estava lá, triste como era de esperar que fosse o aspecto de um barman se o bar ou clube estivesse vazio e ele fosse um dos sócios. Quando cheguei, ele jogou seu palito de dentes fora e riu.

– Bem – ele disse. – Vi que você foi com o rapaz da Páscoa para o Standford Hotel.

Eu fiquei um pouco atônito.

– Que diabo! – eu disse, sentando-me num banco. – Alguém andou falando alguma coisa?

Tony secou o balcão à minha frente e automaticamente me passou uma cerveja.

– Não era preciso – ele disse sorrindo. – Quase todo mundo aqui na cidade conhece o rapaz da Páscoa e sabe o que acontece.

– Bem – eu disse, ficando um pouco irritado. – Exceto eu. Sou novo aqui, lembra?

– Sim – disse Tony. – Ele sempre pega um garanhão que está dando mole e o leva para o Stanford. Finge que não consegue se excitar. Ele tem um superautocontrole. Ioga, talvez. Ele consegue até chorar de propósito. Depois de um certo tempo ele sugere o lance da motocicleta, você o ajuda a levá-la para o quarto e então ele quer ser amarrado nela. É este o jeito como ele goza. Até que ponto vocês foram?

– Até o fim – eu disse. – Afinal, por que não?

– Claro – disse Tony. – Por que não?

– Pra falar a verdade – eu disse com bastante calma, mas sentindo ao mesmo tempo que estava começando a ficar irado e com um calor que me percorria o corpo todo –, eu pensei que tudo tivesse sido idéia minha.

Tony concordou.

– Ele é muito esperto – disse. – Provavelmente fez com que você pensasse que tudo foi sugestão sua. Ele também usou o papo zen?

Eu engoli em seco.

– Sim – eu disse.

– E como ele quase alcançou a iluminação na caverna do monte Kinabalu em Borneo? – perguntou Tony.

– Com certeza, cara – eu disse, ficando ainda mais zangado no mesmo minuto. – Quem é este cara, afinal?

Tony deu de ombros.

– Ninguém sabe ao certo – ele disse. – Alguns dizem que ele leciona filosofia ou sociologia no Leste, e que está fazendo doutorado. Parece que ele tem muito dinheiro. Possui um hotel nas Cataratas do Niágara, dizem alguns; outros dizem que ele vive nas Bermudas. Ninguém sabe realmente. Ele sempre aparece aqui na semana da Páscoa.

– O nome dele é mesmo Pasquale? – eu disse.

Tony deu de ombros novamente.

– Ninguém sabe. É este nome que ele dá para todo mundo. Bem apropriado para a semana da Páscoa, não é?

– Muito – eu disse estalando os dedos.

– Está zangado? – perguntou Tony inocentemente. – Você está com o rosto vermelho.

Eu esbocei um sorriso.

– Não – eu disse. – Qual é o nome do hotel que parece ser dele?

Tony riu.

– Quem sabe? Há centenas deles nas Cataratas do Niágara. Lover's Lodge, Honeymoon Hotel, Newlyweds, Nookery ou Nooky, esqueci qual.

Eu ri também e logo em seguida saí e enfrentei o frio cortante. Estava pensando em deixar São Francisco e seguir rumo às torres de Nova Iorque, e as Cataratas do Niágara podiam estar no caminho.

Eu não sabia realmente por que estava tão zangado, exceto por detestar virar motivo de chacota de alguém. E eu odeio quem transa e conta – só que neste caso ele não teve de contar nada. Tony cuidou de tudo. Bastava ser pego por ele, e todos que o viram com ele sabiam o que havia acontecido. Um verdadeiro caso de culpa por associação. Eu era como uma garota deitada no jardim, no caminho do Don Juan local, com toda a cidade olhando. Isto me transformava numa piada. Eu estava danado da vida que um maldito e falso filósofo tivesse me tapeado desse jeito. Mesmo por vinte e cinco paus a pilhéria eu não tinha gostado nada. Mas achei que a melhor coisa a fazer era ficar um tempo longe do Tail Lite e me dar por satisfeito de a Páscoa só acontecer uma vez por ano.

E anotar na agenda uma viagem para as Cataratas do Niágara. Da próxima vez eu acabaria com ele em sua maldita motocicleta e encheria seu capacete de graxa.

Ao voltar para o Embarcadero, porém, eu já havia me acalmado o bastante para me olhar no espelho e dar uma boa risada.

"Et incarnatus est", claro! Cara, ele deve ter achado isto o máximo!

4
O macaco verde

Dei uma bela puxada na correia da minha bota esquerda para chegar ao buraco apropriado e a tira se rompeu e veio parar na minha mão. Já é chato arrebentar o cordão dos sapatos – apesar de eu não usar mais sapatos com cordões há anos – mas é sempre possível dar um nó neles. Mas como amarrar a correia de uma bota? Olhei zangado para o couro rompido e então lancei um olhar sobre meu relógio de pulso. Cinco e quarenta e dois, sábado à tarde em São Francisco – e onde já se viu alguém conseguir fazer um programa usando sapatos normais? Além do mais, o único par que eu tinha eram os mocassins de couro que eu havia usado trabalhando como mensageiro no San Francisco Hotel. Será que eu ia parecer muito babaca com aqueles sapatos, Levis apertadas e uma jaqueta de couro preta?

Por um momento cheguei a considerar a possibilidade de ir descalço para os bares e subir a Market Street à procura de programas. Então pensei que nem São Francisco era tão cosmopolita para isso, apesar de eu não conseguir imaginar que acusação os tiras poderiam lançar contra mim. Atentado ao pudor dificilmente se sustentaria na corte. Seria muito difícil imaginar que aparecer descalço contribuiria para a delinqüência de alguém, nem que se estivesse envolvido em estupro por causa disto. Eles encontrariam alguma coisa, sem dúvida...

Dei um olhada no meu pequeno e desconfortável quarto do Embarcadero YMCA/ACM, supostamente a maior casa de prostituição cristã da Costa Oeste. Talvez fosse melhor chamá-la de casa de garanhões, pois não havia nenhuma mulher fisiológica, exceto as empregadas. E casas de prostituição geralmente sugerem troca de dinheiro – algo que não costumava acontecer no Embarcadero. Era um bom lugar para um michê viver, mas não se pode montar uma vida baseado em premissas. No Embarcadero tudo era feito por amor.

– Droga – eu disse. – Cinco e quarenta e cinco.

Completamente frustrado, levantei-me da cama e olhei pela janela para o pátio. E então me lembrei de que o meu olho, sem registrar o fato conscientemente, havia visto várias vezes uma pequena loja de consertos de sapatos entre o Embarcadero Y e a Market Street, a três quarteirões de distância. Vesti minha jaqueta, peguei meu gorro e saí.

Um sino preso à porta soou quando entrei na loja. Fiquei de pé ao balcão, esperando que o proprietário aparecesse; ele provavelmente estava nos fundos. A mistura dos odores de couro, graxa e óleo de máquina e o som agudo do metal conferiam um cheiro agradável ao lugar. Respirei fundo e me senti um pouco estimulado, como sempre acontecia quando eu sentia o cheiro forte de couro.

O proprietário chegou pela porta dos fundos.

– E então – ele disse. – O que posso fazer por você?

Foi uma surpresa para mim, fiquei me perguntando como nunca o tinha visto antes pela janela, quando passava por ali. Ele tinha mais ou menos a minha idade e altura, uns 28 anos e talvez uma polegada a mais que eu, mas era muito compacto. Usava uma camiseta escura, cujas mangas estavam suspensas quase até as cavas ao redor de seus grandes braços. Um garanhão realmente bonito.

É engraçado como se pode reconhecer um membro do clube em qualquer lugar. Este cara parecia bastante masculino e suas faces e braços estavam sujos, mas sob a graxa e as marcas negras de seu trabalho havia algo mais. Ele olhou para mim e eu flagrei um pequeno flash de reconhecimento, rapidamente desfeito em nada.

– Arrebentei a correia de minha bota – eu disse, erguendo o pedaço de couro de três polegadas.

Ele se inclinou sobre o balcão e olhou para a minha bota. Percebi o cheiro forte de suor de suas axilas e algum vago e sexual odor vindo de seus cabelos.

– Estragou mesmo – ele disse. – Difícil de consertar.

– Será que você pode costurá-la? – perguntei.

– Está tarde – ele disse. – Costumo fechar às seis em ponto.

– Olha, cara – eu disse –, estou desesperado. Como vou arranjar o dinheiro para o aluguel se não conseguir um programa hoje à noite? E quem pode se sentir bem com uma correia arrebentada? Se bem que muitos nem iriam perceber.

– Mais gente do que você imagina, cara – ele disse.

Ele ainda estava olhando para a bota e esfregou o queixo com sua mão suja, deixando seu rosto ainda mais negro. Mas estava sorrindo.

– Pode consertá-las? – eu perguntei.

– Não vai dar para remendar – ele disse. – Vou ter de cortar uma tira nova e costurá-la na bota.

– Muito complicado? – perguntei.

– Não muito – ele disse. – Vai lhe custar um dólar.

– Eu lhe darei dois – eu disse.

Ele me conduziu a uma cadeira ao lado da loja.

– Sente-se ali e tire a bota – ele disse. – Para um cara duro, você é bastante generoso com o que tem.

– É uma grana que eu vou recuperar – eu disse, sorrindo.

Eu me sentei, tirei a bota e dei a ele. Coloquei a minha meia branca de lã num pedaço de jornal. Ele pegou a bota e a virou no balcão. Havia um espelho no fundo do recinto. Eu o vi erguer a bota até a altura do nariz e cheirá-la profundamente. Tudo foi feito muito serenamente. Então ele voltou ao balcão, virou-se e seus olhos azuis estavam calmos e inocentes.

Olhei para ele especulativamente. Pelo menos eu havia encontrado um pouco de excitação, algo estava fazendo cócegas na minha fantasia, sem acusar o cara de nada. Acho que à medida que caía no mundo fui-me tornando uma pessoa mais diversificada. Seja lá como for, eu gostava que meus casos também tivessem músculos, pelo menos tanto quanto eu, ou talvez até mais, e este cara parecia corresponder ao esperado. Eu também estava um pouco intrigado com o olhar que tinha visto pelo espelho. Eu nunca tinha tido nada com um pedólatra, fetichista, ou sei lá o que ele era.

Ele estava concentrado no trabalho no balcão. Eu o olhei trabalhando. Suas grandes mãos quadradas eram rápidas e eficientes, não havia amadorismo ou movimentos desperdiçados. Ele não olhou para mim. Estava certamente absorvido. Bem, feliz o homem cujo trabalho é um prazer para ele, e que trabalho melhor para um pedólatra do que ser sapateiro?

Ele levou por volta de dez minutos, deu a volta pelo balcão e me deu a bota. Ele a segurou pelo salto, aninhando-a em sua mão quase amorosamente. Eu a peguei e olhei para ele. Havia um estranho olhar em seus olhos azuis, que agora pareciam mais escuros que antes.

– Obrigado, cara, você é o máximo – eu disse, calçando a bota.

Os buracos tinham sido perfurados exatamente para mim. Eu me levantei, pisei forte com a bota no chão e levantei minhas calças.

Ele olhou para mim, sorrindo um pouco. Peguei dois dólares do bolso e os passei a ele. Ele esticou o indicador e o polegar e pegou apenas um deles.

– Isto basta – ele disse e sorriu. Seus dentes eram realmente brancos.

Resolvi arriscar.

– Você está ocupado na segunda à noite? – perguntei.

– Fico aberto até as oito nas segundas – ele disse. – Depois disso, não.

Ele parecia um pouco confuso.

Foi minha vez de sorrir.

– Que tal se eu aparecer por aqui? – eu disse. – Gostaria de demonstrar a minha gratidão pelo favor que você me fez hoje. Podemos ir beber alguma coisa, ou achar alguma coisa para fazer.

Eu usei uma das minhas cantadas favoritas com ele, passando pelas palavras sem nenhuma inflexão especial, ocultando a proposta entre uma bebida e um vago "alguma coisa". Então esperei para ver quanto tempo levaria para que ele entendesse. Um segundo ou até menos – QI alto. Três segundos – nem pensar.

Ele era praticamente um gênio. Não precisou de tempo algum. Olhou para o chão e então para mim e disse:

– C-claro. – Ele parecia bastante composto. Mas de repente percebi a ponta de uma onda escarlate subindo pelo seu pescoço. Em sua pele branca o efeito era notável. Avançava devagar pela garganta, passava pela linha do maxilar forte, inundava as bochechas e o nariz e finalmente a testa com um tom sanguíneo brilhante. Ele olhou mais uma vez para o chão, ao menos foi o que eu pensei, até me dar conta de que ele estava olhando para as minhas botas.

– Isto é um verdadeiro rubor de donzela virtuosa – eu disse ironicamente. – Caras como você deveriam estar acostumados a cantadas, você é bastante bonito.

Ele me olhou de novo no rosto e riu.

– Nunca vou aprender a controlar meus reflexos – ele disse. – Apesar do que você disse, bem, eu não esperava.

Ele me estendeu uma de suas mãos grandes. Eu a peguei e nós apertamos as mãos um do outro com tanta força como se fôssemos dois ginastas. Coisa de camaradinhas. Theban Band. Legião Estrangeira.

Ainda de mãos dadas, ele me disse:

– Talvez você se surpreenda com as minhas preferências.

Eu soltei sua mão.

– Não eu – eu disse, me dirigindo para a porta. Sorri para ele. – Já faz tempo que eu botei o pé na estrada, só olho para a frente.

Dei um peteleco na borda do meu gorro. Ele ficou quieto. Mas, quando olhei pela janela, eu o vi abrindo a boca um pouco atônito e seu rosto ficando novamente branco. Eu fiz um aceno com minha mão erguida e saí de seu campo de visão.

Aquela sexta à noite foi provavelmente a mais violenta que eu já tive. Pouco depois de sair de lá me dei conta do cheiro forte de couro que me envolvia cada vez que eu ficava parado ou me sentava. E ficava mais forte à medida que a tarde se transformava em noite e minhas andanças pelos bares iam-me deixando cada vez mais bêbado. Eu cheirava como se tivesse acabado de abrir uma fábrica de couro e estivesse tentando usar toda a minha produção de uma vez só.

É desnecessário dizer, eu fui uma sensação – especialmente nos bares "leather". Eles se aglomeravam ao meu redor como moscas no mel, zumbindo. Eu fiz três programas de dez paus em menos de três horas sem nenhuma perda de combustível. E, finalmente, ao tirar a roupa pela quarta vez, localizei a fonte do cheiro. Examinei minhas botas sob uma luz brilhante e encontrei vários pequenos pontos oleosos, um em cada salto e outro em cada sola. Meu nariz me dizia que se tratava de um tipo de essência de couro concentrada. Espere só até segunda à noite, eu pensei, quando eu encontrar o meu amiguinho com mania de colocar óleo nas botas e esfregar o seu nariz nelas. É claro que eu não me importei com a sua armação – eu até gostei da brincadeira. Olha só o dinheiro que eu embolsei!

Passava um pouco das oito na segunda-feira quando fiz soar novamente o sino da porta. Ele estava curvado sobre o balcão e ergueu o olhar. Um pequeno sorriso se formou em seus lábios intensamente vermelhos.

– Bem – ele disse –, o cavalariço em pessoa. Aproveitou bem o sábado?

– Seu desgraçado – eu disse, mas estava sorrindo. – Você deve saber, seu falsário, depois de me fazer cheirar como um curtume. O que é aquilo, afinal?

Ele riu.

– Um concentrado de couro – ele disse. – Os artesãos usam isso para reavivar o cheiro do couro. Muito caro, mas muito eficiente.

– É – eu disse, – eu percebi.

Ele fechou a caixa registradora e saiu para lavar as mãos e braços numa bacia no quarto dos fundos. Eu o segui e o observei enquanto ele se secava. Era um quarto dos fundos, bastante sujo e bagunçado.

– Vamos cair fora daqui – ele disse – e vamos para o meu apartamento. Você comeu?

– Sim – eu disse.

Ele dirigia um Thunderbird surrado e velho com a capota rebaixada e seguiu em direção à Market pela Twin Peaks. Era uma destas tardes maravilhosas de São Francisco, difíceis mesmo de acreditar. O ar esteve fresco o dia inteiro e o dia, ensolarado, e no recém-chegado crepúsculo tudo ficou cinza e luminoso. As cores da cidade haviam escurecido um pouco e a água da baía atrás de nós adquiriu um tom azul-escuro e romântico quando entramos na Market Street. As luzes de sódio amarelas da Oakland Bridge estavam começando a se acender e, à medida que a atravessávamos e chegávamos mais alto, a cidade começava a parecer, bem, um tapete de jóias estendido sobre as montanhas. À esquerda a neblina ia aumentando, preenchendo o vale e se desfazendo lentamente.

– Que noite maravilhosa – eu disse.

Ele concordou.

– De onde você é? – perguntei.

– De L.A. – ele disse.

Ele era um cara esquisito. Havia militado num destes grupos de homossexuais engajados, todos empenhados em lutar pelos seus direitos, tendo, no início, feito muitas coisas boas, mas cujo movimento havia se diluído consideravelmente, restringindo-se hoje em dia a promover concertos de flauta e piqueniques.

– Quando eles descobriram a minha especialidade – ele disse –, pediram que eu desistisse de ser um deles. Expulsaram vários membros sadomasoquistas na mesma época. Diziam que nenhum de nós era um verdadeiro homossexual. Não havia lugar no grupo deles para fetichistas, ou... desviados da... Grande Revelação. Eu discuti um pouco, disse que só gostava dos pés dos homens, mas não adiantou. Eles perderam o senso de humor. Para continuar pertencendo ao grupo era preciso dançar conforme a música deles. Qualquer outra coisa estava fora de cogitação.

– É muito ruim que eles não tenham conseguido mudar de posição e olhar para si próprios de um ponto de vista heterossexual – eu disse. – Ouvi dizer que também são ferreamente contra a prostituição masculina. Eles poderiam ser mais tolerantes a respeito das variações sobre o tema.

Deixei a conversa seguir em várias direções a meu respeito. Eu estava curioso a respeito das origens de seu "complexo" e perguntei a ele. Ele falou livremente e me contou bastante coisa. Estava tudo relacionado ao Bom e Velho Papai, que era um juiz de linha, aos ferrões que ele usava em suas botas e às botas em si, que cheiravam a *bacilli epidermidis et saprogenes* e *penicillium glaucum,* exatamente o mesmo tipo que atuava na parte externa do queijo camembert, por acaso eu já tinha percebido...? A coisa ficou tão séria uma época, que ele passou a andar com a cabeça baixa olhando o tempo todo para os pés das pessoas que passavam.

– Fiquei de um jeito que mal sabia qual era a cor do céu – ele disse. – Eu passaria por cima de qualquer coisa para poder chegar aos pés de um cara. E – ele riu – você não pode imaginar que choque era ouvir alguém dizer que tinha pé-de-atleta. Era como se um homossexual normal confessasse que tinha gonorréia antes de ir para a cama. Ou talvez arranjar alguém com hipersensibilidade nos pés.

– O que o pé representa para você? – eu perguntei, como um repórter inquiridor.

Ele deu de ombros.

– Foi-se tornando gradualmente a parte mais importante de meu herói imaginário – ele disse. – Talvez um símbolo de submissão ou de energia.

Ele olhou para mim.

– Isto faz de mim um masoquista?

– Talvez, eu disse descompromissadamente. – Eu estava além da minha sabedoria. – Talvez você acabe se transformando num. No momento você está um pouco confuso.

– Sim, ele disse.

Ele colocou um braço para fora da janela. Eu cheguei mais perto e apertei o seu quadril firme. Ele me deu uma olhada.

– Vamos ver como isto funciona na cama – eu disse. – Isto é o que realmente importa.

Bem, funcionou muito bem. Tomamos alguns drinques quando chegamos ao seu apartamento – bem masculino, nada de frescura. Havia uma grande escultura de um pé e um tornozelo sobre um pequeno pedestal e vários desenhos de pés ou homens descalços afixados nas paredes. Não demoramos muito a entrar em ação. Karl (finalmente dissemos nossos nomes) foi direto para o pé da cama e ficou lá um bom tempo se esbaldando e quase me enlouquecendo.

Fazia vários anos que ninguém me fazia aquilo, e eu havia me esquecido de como era bom. Karl era um artista. O primeiro toque era gentil e delicado como o da asa de uma borboleta, e então havia uma insinuação, um beijo de beija-flor na ponta de cada dedo. Depois disso vinha uma pressão mais firme, fazendo um oito por dentro e por fora dos dedos, como uma complicada coreografia de dança country. E finalmente a superfície áspera da língua contra as solas e ao redor das costas dos pés. Quando a intensidade das carícias aumentou, no ápice do meu prazer, dobrei os dedos do pé na sua boca, agarrando os seus dentes de baixo e as gengivas. Depois de alguns minutos deste tratamento eu estava sensibilizadíssimo e frenético, mais excitado do que havia estado em anos.

Eu fui em sua direção e não consegui alcançar o seu cabelo curto e loiro, portanto enganchei os meus dedos na base de seu maxilar e trouxe a sua cabeça em direção à minha. Eu estava arfando como se tivesse participado de uma corrida. E então, por estar tão excitado, grunhi avidamente, e o tomei violenta e dolorosamente, de modo que ele gritou, e seu uivo baixo de dor ecoou contra as cortinas e escapou amedrontadoramente pelo quarto silencioso.

Fiquei com Karl por vários meses, freqüentemente dava um pulo na sua loja para passar uma parte do dia e me servir de suas habilidades especiais. Para dizer a verdade, eu gostava daquilo – e sentia a pequena armadilha de sensualidade se fechando ao meu redor, como já havia acontecido antes algumas vezes – aquele cara em Tijuana que fazia pétalas de rosa, como dizem os franceses, por exemplo.

Eu também estava perplexo de ver como Karl enfocava cientificamente a sua obsessão, ou seja lá como for que se deve chamar isso. Ele sabia nomear os seis ou sete tipos de bacilos e bactérias que habitavam as regiões que ele amava – um tipo especial para a superfície, outro para os vãos, outro para as unhas e assim por diante. E ele sabia como distinguir os dois perigosos e patogênicos que devem ser evitados.

– Qual é o tipo que eu tenho em maior quantidade? – perguntei a ele um dia, quando me levantei da cadeira reclinada do quarto dos fundos e me sentei num banco para vestir minhas meias e calçar as botas.

– O tipo comum dos homens saudáveis, o tipo dos atletas – ele disse. – *Bacillus epidermidis.* Inofensivo, prazeroso e sexual, pelo menos para mim, sempre.

Eu ri gostoso.

– Atleta! – eu disse. – Só se for atleta de alcova! Sou muito preguiçoso.

Karl sorriu.

– Talvez você se torne um quando a barriga de cerveja aparecer – ele disse. Eu devo admitir, é claro, que trepar é muito bom para os músculos das costas e dos ombros, mantém o estômago reto e também desenvolve os braços.

– Sim – eu disse. – Deixa o bolso da calça reto também, a menos que se esteja no meu ramo de negócios.

Nunca peguei dinheiro de Karl, nem pedi. De algum modo isto parecia errado neste caso, já que eu gostava tanto do que ele me fazia.

Enquanto isso, a vida continuava. Eu ainda trabalhava como mensageiro no San Francisco e por vezes conseguia alguns serviços extras além de carregar malas. Continuei vivendo no Embarcadero, mais por causa da conveniência e por ser barato – às vezes ocorriam encontros por lá, de graça, nos chuveiros escuros e enfumaçados, pois o registro havia sido deliberadamente afrouxado, removido ou quebrado de propósito.

Eu adquiri o hábito de passar pela loja de Karl umas duas vezes por semana, e então, numa segunda-feira, sua porta estava trancada. Ficou assim a semana inteira. Na segunda-feira seguinte havia uma pequena tabuleta na porta: "Fechado por motivo de doença. Para mais informações, ligue para...", e um número se seguia.

Eu liguei. A voz era de uma pessoa mais velha, com um sotaque alemão.

– Qual o problema com Karl? – perguntei.

– Acidente feio. Briga de rua... Garotos maus.

Meu coração começou a bater aflito.

– Onde ele está? – perguntei.

– Hospital Golden Garden – disse a voz velha e cansada.

Eu agradeci, desliguei e então liguei para o hospital, para me informar a respeito dos horários de visita. Estava em cima da hora para aproveitar o horário da noite, se eu não fizesse questão de me lavar nem de tomar banho.

Entrei num táxi, dei o endereço ao motorista e me sentei no banco de trás, pensativo. Nos poucos meses em que conheci Karl eu havia visto a progressão de sua obsessão ou fetiche; ele tinha entrado mais e mais no terreno do masoquismo, de cujos escuros e esquivos braços e sombras poucos se desvencilhavam. Uma vez ele me contou que havia colocado uma camiseta e ido para a parte mais violenta da Mission Street, a Skid Row, para ver se conseguia ser atacado. Eu ri dele.

– Naquele meio? – eu disse, zombando dele. – Quando podiam ver os seus braços e que tipo de corpo você tem? Eles fugiriam desesperadamente vendo você vestido deste jeito, eu disse.

– Então como eu deveria fazer?

– Você é doido de querer isto, eu disse, mas se quer mesmo saber, eu lhe digo. Vista uma camiseta bem larga e uma bermuda até

As aventuras de um garoto de programa

o joelho e então vá caminhar nas mesmas redondezas. Vão te arrancar as tripas, cara.

Ele sorriu.

– Talvez eu faça isso – ele disse.

E talvez ele realmente tivesse feito, droga.

Karl estava num quarto de dois leitos, mas a outra cama estava vaga desde a tarde, disse a enfermeira. Na verdade, eu poderia ficar para além do horário de visitas, como se ele estivesse num quarto particular.

– O que aconteceu? – perguntei à enfermeira.

Ela balançou a cabeça.

– Acho que ele foi assaltado – ela disse. – Estava numa área perigosa da cidade, e alguns adolescentes brutos o atacaram. Estava em estado grave até ontem. Eles quase o chutaram à morte pelo que pudemos constatar. Você sabe, aqueles coturnos – ela disse com repugnância e olhou para baixo. – Como os seus – ela adicionou com grande desaprovação, virou-se rapidamente e foi embora.

A porta de seu quarto estava meio aberta e uma tela separava a cama da porta. Eu andei silenciosamente em direção à tela e olhei pela ponta dela; os olhos de Karl estavam fechados e uma das mãos pendia para fora das cobertas. Havia um grande hematoma púrpura na sua testa e em uma das bochechas e um curativo ao redor de seu pescoço.

– Karl! – eu disse suavemente.

Seus olhos se abriram. Ele sorriu um pouco, sonolento.

– Phil – ele disse.

Fui até a cama e fiquei de pé ao seu lado.

– Cara, você está mesmo baqueado – eu disse.

– Você deveria me ver debaixo do lençol – ele disse, erguendo sua ponta superior, e eu o ajudei.

Eu assobiei. Ele estava nu e seu corpo estava horrível. Era uma confusão multicolorida de hematomas e alguns cortes – pretos, azuis e amarelos, mesclando-se numa espécie de padrão malhado à medida que o sangue extravasado tentou refluir das horríveis áreas machucadas.

– Meu Deus! – eu disse. – O que foi que aconteceu?

– Uma gangue de valentões. Eu encontrei um deles e pedi que... que me deixasse pegar o seu pé. Ele fechou os olhos. Acho que o choque foi muito grande para ele, pior do que se eu simplesmente tivesse pedido a ele o que uma bicha normal pediria. "Você quer um pé", ele berrou. "Pois vai ter quantos quiser!" Ele tirou um destes apitos e seus camaradas vieram correndo – uns oito ou nove. Eles me derrubaram e começaram a me chutar. Todos estavam vestidos com seus apetrechos sexuais preferidos – suas botas. Riam – estavam se divertindo muito! Ele pôs as mãos no estômago. Feridas internas e hemorragia.

Eu balancei a cabeça.

– Pobre Karl – eu disse. – Não sabe que se pegar um macaco africano, pintá-lo de verde e devolvê-lo à floresta, os outros macacos o matarão por ser diferente?

– Ser bicha também é ser diferente – ele disse, e parecia triste.

– Não é mais tanto – eu disse. – Há muitas delas agora. Mas não da sua especialidade.

Karl sorriu debilmente.

– Falando da minha especialidade – ele disse –, que tal?

Eu fiquei chocado.

– Aqui e agora? – eu disse.

– Por que não? – ele disse. – Feche a porta e a enfermeira ficará lá fora. Os preparos para a noite só começam daqui a uma hora. Por favor... – ele disse e pôs a sua grande mão sobre a minha.

– Mas você estava em estado crítico, com hemorragias internas. E se elas recomeçarem?

– Não – disse Karl. – Está tudo bem agora.

Eu estava um pouco em dúvida, não me havia convencido.

– Lembre-se – eu disse –, no momento mágico, a sua pulsação pula para 190, sua pressão dobra e sua respiração triplica. É uma roleta russa.

– Por favor – Karl disse novamente. – Já faz tempo demais. Eu vou maneirar.

– OK – eu disse, cedendo.

Eu estava sentado sobre o seu lado esquerdo da cama, portanto tirei minha bota esquerda. Tirei a meia e deixei o meu pé esticado, ainda quente e úmido em frente aos seus olhos e nariz. E então ergui minha perna suavemente e pus o meu pé ao lado de seu rosto. Ele virou o rosto um pouco para a esquerda e eu me esgueirei devagar para trás na cama à medida que as ondas de prazer percorriam o meu corpo. Ao meu lado, sob as cobertas, eu o vi mexer lentamente no seu pau...

E depois de alguns momentos eu soube, por causa de sua respiração, que ele tinha gozado. Ele abriu os olhos quando me levantei. Olhei para mim mesmo.

– Bem, desta vez fui eu quem ficou num estado complicado, eu disse.

Karl sorriu, com os olhos fechados.

– Vai ter de ir até aquele lavatório e resolver isto sozinho. Estou fraco demais.

– Mas você está bem? – perguntei ansioso.

Seu rosto parecia mais branco do que nunca. Eu me recompus.

– Acho que desta vez posso esperar.

Os olhos de Karl ainda estavam fechados. Ele sorriu em paz.

– Estou tão cansado – ele disse, e então abriu os olhos e olhou para mim. – Estou feliz – ele disse –, e vou dormir bem esta noite.

– Espero que sim – eu disse. – Vou tentar vê-lo mais uma vez antes que tenha alta.

Segui em direção à porta.

– Está bem, camarada. Vou ficar bom logo.

Ele me fez um pequeno aceno da cama quando saí.

Assim foi. Isto foi numa segunda-feira à noite. Karl morreu na manhã de quarta-feira, de hemorragia interna. Todos os médicos e enfermeiras ficaram surpresos, pois ele estava se recuperando muito bem. Disseram, contudo, que casos como o dele eram imprevisíveis. Algumas vezes as hemorragias recomeçavam quando menos se esperava, sem nenhum estímulo, movimento ou causa aparente.

Os jornais falaram do caso por algum tempo, com artigos alarmistas sobre a crescente violência nas ruas de São Francisco, e depois tudo caiu no esquecimento.

Mas eu não me esqueci. Não fiquei mais muito tempo em São Francisco depois disto. A cidade mudou para mim. Não era mais tão brilhante nem excitante.

Eu também mudei. Passei a beber mais. Meu único consolo era uma frase: "Sem nenhum estímulo, movimento ou causa aparente". Se a enfermeira não tivesse me dito isto eu não teria no que me apoiar.

Isto foi há cerca de um ano. Não fui mais capaz de deixar ninguém mexer com o meu pé desde então. Um cara em Chicago tentou e eu caí fora. Quando ele pegou no meu pé, eu lhe dei um soco, me levantei e fui embora.

Talvez tudo isso passe com o tempo. Espero que sim. Mas ainda não passou.

5

Bola preta na caçapa

Existe um folclore nos EUA em que muitos turistas acreditam – se você for à Europa e trouxer na volta algumas moedas dos locais que visitou, elas garantirão a sua volta a estes locais um dia. É um tipo de simpatia e possivelmente funciona para outros propósitos também.

Eu dei uma força ao tio de Karl, o sapateiro, quando ele fechou a loja de São Francisco, e ele me deu um par de botas texanas quase novas que alguém havia deixado por lá.

– Ah, você gosta? – ele disse – Então leve.

Elas eram uma beleza, pretas com desenhos triangulares coloridos nos canos e com redemoinhos nas fivelas pintados de vermelho, amarelo e verde e bordas brancas. Elas ainda tinham o cheiro insinuante do suor de algum cowboy e me serviam perfeitamente.

Eu as calcei, e apesar de ter planejado ir para Nova Iorque, elas me levaram diretamente para o Texas.

Eu não direi para que lugar exatamente do estado elas me levaram. Hoje em dia, no Norte, raramente se ouve pronunciar o nome desta cidade. Dificilmente se ouve o seu apelido, "Big D". Se alguém de Nova Iorque tem de se referir a ela, o faz quase se desculpando, dizendo "aquela cidade no Texas". Li uma vez a respeito de um faraó que foi tão odiado no Egito que ninguém mencionou o seu nome cem anos depois de sua morte. Talvez aconteça o mesmo com esta cidade.

– Ah, sim – disse o correto e impenetrável chefe do pessoal do Hotel Lorraine, voltando a dobrar a minha carta de apresentação. –

O San Francis é um hotel antigo e muito sofisticado. Vamos fazer uma experiência de algumas semanas com você como mensageiro e, se gostarmos um do outro, poderemos considerar um acordo mais permanente.

Ele me examinou cuidadosamente.

– Vejo que você já é... em parte texano – ele disse, enquanto seus olhos passeavam pelas minhas botas, subindo pelas minhas pernas com um olhar quase tangível como uma carícia.

Eu sorri.

– É preciso saber onde se pisa – eu disse.

Ele me olhou um pouco maliciosamente – decidiu que seria uma reação melhor sorrir, sorriu brevemente – e me disse onde pegar o meu uniforme.

Eu me virei facilmente como mensageiro num hotel grande e rico. Não era preciso dar duro, as gorjetas dos milionários texanos eram generosas, e, se suas calças fossem apertadas o bastante, poderia haver um pouco de diversão de vez em quando – sendo "tocaiado". Acho que é assim que chamam. Minhas calças estavam apertadas e "ajustadas", do mesmo modo como se usava em São Francisco, e os negócios prosperaram consideravelmente. Mas o gerente do hotel era extremamente atento, era preciso ter cuidado com a folia. Com o usual desrespeito aos direitos civis e mancomunado com a polícia corrupta local, ele era simpatizante da idéia de forçar empregados suspeitos a passar por um detector de mentiras ou pô-los na rua.

Na época em que cheguei, a cidade havia sido integrada. Ainda se podiam discernir as placas de "Só brancos" sob a pintura, nas portas dos banheiros, e os negros "conheciam o seu lugar", como os brancos texanos gostavam de dizer. Mas os negros tinham adquirido o hábito de abrir caminho nas calçadas para deixar os brancos passarem. De outro modo eu não teria podido ficar.

O hotel havia sido integrado de uma maneira curiosa antes de começar a aceitar hóspedes negros. Um mensageiro magrinho, com o rosto cheio de sardinhas, de nome Vess – abreviação de Sylvester –, me contou.

– Todos os mensageiros são brancos e o serviço de quarto é feito pelos negros. As criadas são negras e as zeladoras, brancas.

– Sem brigas? – perguntei.

Estávamos sentados no banco do vestiário integrado.

– Sem brigas – ele disse. – O hotel já tem dez anos. Ele nasceu integrado. Todos os criados, brancos e negros, se vestem aqui e usam os mesmos banheiros e chuveiros. Ouvi dizer que houve alguns problemas no começo – não conseguiam manter nenhum mensageiro branco. Então o gerente começou a importá-los de Chicago. Isto trouxe os garotos do local para cá. Eu inclusive – ele sorriu.

Eu dei uma olhada no vestiário e vi o outro banco. Um macho negro e brilhante estava tirando suas calças "civis". Ele era tão negro que as luzes do lugar ficavam azuis quando refletiam sobre sua pele. Quando ele se movia, as luzes de cobalto líquido continuavam a fluir sobre o seu corpo negro brilhante. Os deltóides e bíceps eram grandes, redondas e protuberantes massas musculares poderosamente desenvolvidas. A cueca branca dividia seu corpo a ponto de quase cegar. Eu umedeci os lábios com a língua.

– Na primeira festa de Natal – Vess seguiu tagarelando –, o velho Arch, o gerente, Mr. Archer, nunca falou uma palavra sobre misturar-se. Apenas anunciou a festa e todos vieram, negros e brancos, sem problemas. Todos se sentaram em grandes mesas, brancos e crio...

Ele se interrompeu. Velhos hábitos demoram a desaparecer.

– Negros – ele concluiu.

O negro estava agora completamente nu. Minha boca estava muito seca. Ele era enorme – coxas enormes, pés longos, abdômen e costas rígidas e impetuosas. O tamanho de seu sexo era assustador. Todo o seu corpo brilhava, exceto a região pubiana, que terminava numa ponta lisa e descolorida, sem proeminências.

– Droga – eu disse. – Você acha que aquele nego – e então eu percebi que tinha cometido uma gafe, apesar de nego não significar nada para mim além de um termo amigável. Mas no Texas esta palavra tem um significado específico para os negros. Era um insulto bastante ofensivo quando aplicado a eles pelos brancos.

Eu tossi e mudei as palavras. Vess sorria.

– Você acha – eu disse – que aquele *cara* usa a cueca para esconder o tamanho daquele troço? É um escândalo!

– Está com inveja? – disse Vess. E então riu. – O deles é bem maior que o nosso – ele disse. – Para dizer a verdade, acho que em parte é por causa disto que não gostamos deles – temos inveja do que eles têm.

Ele olhou para os chuveiros.

– Aquele ali é Ace Hardesty – ele disse. – Serviço de quarto. Ouvi dizer que algumas vezes ele faz mais do que entregar a comida. Por vezes é ele quem come!

Vess parecia astuto como um gato.

– Homens ou mulheres? – perguntei.

– Bi – disse Vess. – Também ouvi dizer que ele faz exibições em shows masculinos.

– Interessante – eu disse. – Com este equipamento ele deve se sentir em casa.

Notei que eu e Ace estávamos escalados para trabalhar juntos e decidi tentar conversar com ele mais tarde.

Eu larguei o trabalho às onze naquela noite e me apressei em direção ao vestiário. No caminho pensei melhor e descartei uma dúzia de coisas para falar para ele. Era preciso ser semanticamente cuidadoso hoje em dia. Finalmente, eu acabei optando por algo neutro, um simples papo furado.

Dirigi-me à porta lateral para ter de passar perto do seu chuveiro. Ele estava lá e eu usei o meu cumprimento habitual. Foi brilhantemente original.

– Como é que estão as coisas, cara? – eu disse.

Ele tinha acabado de tirar a jaqueta e eu pude ter uma amostra de seu cheiro – masculino, saudável, um odor sexual vindo de todos os poros que o escrupuloso desodorante de violeta em suas axilas não podia matar ou mascarar. Ele tinha um olhar sonolento que era ao mesmo tempo convidativo e perigoso.

– OK, cara – ele disse, começando a desabotoar as calças.

Eu fiquei parado, olhando para os dedos negros e grossos enfiados na fileira branca de botões de sua braguilha.

– Cara, você tem mesmo um corpão – eu disse.

Ele sorriu e dobrou o braço. Os músculos pareciam prontos para saltar da pele escura. Mas ele não disse nada além de – É, obrigado.

Eu tentei fazê-lo falar durante alguns minutos. Foi impossível. Talvez, como Vess havia dado a dica, ele fosse um garoto de programa e se propusesse a falar facilmente com seus clientes, mas para ele eu não era um cliente em potencial. Parecia-lhe inconcebível que um homem branco do mesmo status que ele pudesse ter qualquer coisa com um negro texano. Lá fora, nas ruas da cidade, eu já havia percebido o modo como os negros olhavam para os brancos. Eu nunca poderia transar com um homem negro porque nunca conseguiria capturar o seu olhar. Que um branquelo pudesse querê-lo estava além de sua imaginação mais enlouquecida.

Finalmente, não chegando a lugar nenhum, falei diretamente:

– Onde é que tem ação por aqui nesta cidade?

E então tive uma das poucas grandes surpresas da minha vida. Ele estava com o pé levantado sobre o banco, amarrando o sapato; olhou para mim e disse, num tom que um pai usaria para responder às perguntas de seu filho de seis anos:

– Há um bar gay chamado Bah o'Music, bem em frente do Bakuh Hotel, ambos a uns quatro quarteirões, na Commerce Street.

Ele pôs o pé no chão, apertou o seu cinto e se virou para fechar a porta do chuveiro.

– Há muitos garotos de programa brancos por lá, cara – ele disse, e sorriu. – Acho que há sempre lugar para mais um.

Foi bom ele ter sorrido, ou eu teria metido a mão nele, fosse do tamanho que fosse.

Aquele foi um longo e quente verão, como só os verões texanos podem ser. A cidade, rica, frívola e próspera, tinha ar-condicionado em quase todos os lugares, exceto, é claro, na pensão onde eu ficava, ao sul da estrada de ferro de Santa Fé. Do lado errado, naturalmente. Por causa do calor – e nunca deixe alguém lhe dizer que não faz calor no Texas porque é seco –, eu passava muito tempo no hotel, mesmo quando estava de folga. Havia uma cantina bem-refrigerada e uma recepção arejada, nada muito sofisticado, mas os empregados faziam bastante uso delas. E havia o vestiário, onde era legal sentar e fingir que se estava ocupado – e olhar.

Eu conheci algumas pessoas no hotel, hóspedes, e recebi alguns convites para ir a casas com piscina. Havia um decorador de interiores que tinha um amiguinho – eu passava muito tempo na sua piscina em Arcady –, eles gostavam de transar a três e pagavam sempre uns vinte paus ou coisa assim. Havia mais alguns, o bastante para me dar um bronzeado respeitável e de alguma maneira complementar o meu salário do hotel. Eu conhecia um cara que tinha um bangalô no lago Whitney e também ia para lá toda vez que conseguia folgar dois dias seguidos.

Mas, curiosamente, tudo isto era apenas ocasional. À medida que o verão progredia, eu me interessava cada vez mais por Ace Hardesty. Ir para a cama com negros já era coisa batida para mim. Eu já tinha estado com vários deles, na maioria homens, mas também mulheres, havia muito tempo, antes de eu descobrir do que eu realmente gostava. Alguns deles haviam pago, outros não. Certamente não era a nobreza que me atraía a Ace.

Talvez fosse o tamanho. Um corpo grande de qualquer cor é sexualmente estimulante, contanto, é claro, que não seja gordo. E Vess continuou a me passar pequenas dicas e informações a respeito do passado de Ace, pequenos fragmentos que faziam com que ele parecesse estranho e romântico como Otelo.

– Ele morava no norte. Um homem velho o mantinha – disse Vess de sua maneira ziguezagueante.

Estávamos sentados num banco do vestiário e Vess trocava de roupa. Ele estava sem calças e sua bundinha magra era ridícula.

– Ele até freqüentou uma escola sofisticada. Aí parece que se casou com uma menina branca, super baixinha – ela não podia com ele, por ele ser tão grande. Alguns dizem que eles se divorciaram e outros dizem que ele a rasgou com aquele seu troço enorme e ela morreu.

– E o nome dela era Desdêmona, eu suponho – eu disse ironicamente.

A brincadeira não teve eco em Vess. Ele parecia vazio.

– Não importa – eu disse. – Continue.

– Ele era pára-quedista quando serviu no exército – disse Vess.

Suas palavras me fizeram criar a imagem selvagem de uma onda de tecido branco contra um céu noturno, um rosto negro selvagem contorcido pelo grito de salto "Jerônimo!", e as botas pretas e polidas amarradas em torno dos pés enormes e das panturrilhas, e um grande corpo preto descendo dos céus, um verdadeiro deus *exmachina*. Preto como o ébano. Foi um momento de inspiração. Vess estava me olhando com uma expressão estranha. Ele finalmente se curvou para calçar uma meia em seu pé ossudo e olhou para mim de sua posição agachada.

– Por que está tão interessado em Ace? – ele disse. – Você é gay?

– Deus que me livre, não! – eu disse violentamente, como convém às negativas dos héteros. Ele apenas me interessa, isto é tudo.

Vess retificou:

– Algumas bocetinhas de cor, tudo bem, mas paus, cara! Eles te trancariam e jogariam a chave fora.

– Eu não estou interessado em nenhum – eu disse. Há bastante carne branca por aqui.

Vess sorriu astutamente e, quando o fez, me ocorreu que esta palavra, carne, me comprometia mais do que era confortável admitir, uma vez que eu não tinha talentos culinários.

Em Big D, faça como os héteros. Se fizer diferente, cuide-se para não ser pego. As considerações de Vess, contudo, começaram a me fazer pensar nas razões pelas quais eu gostava tanto de carne escura. A maioria dos negros com que eu tinha ido para a cama era absolutamente maravilhosa – ativos, desinibidos, a fim de experimentar qualquer coisa e tudo... contanto, é claro, que fossem educados o bastante para ter fantasias. Se não fossem, e precisassem depender somente de fricção, o processo se transformava em algo demorado e estúpido. E alguns poucos, ai de mim, apenas se deitavam, confusos, assustados e sem reação, como qualquer branquelo neurótico ou garoto de programa novato.

Será que eu gostava deles por causa de seu alegre abandono, de sua intensa sexualidade? Por seus dentes brancos ou seus pintos grandes? Ou será que eu gostava deles por causa do efeito exótico da negritude de seus belos corpos sobre os lençóis brancos, ou o contraste de suas pernas e braços com os meus? Eu amava a sensação de ter seus cabelos em minhas mãos ou entre as minhas coxas, o cheiro sexual e a sensação quente e acetinada de sua pele e o cheiro freqüentemente indecente e irresistível de suas axilas e paus.

E então, cavando um pouco mais fundo na minha própria cabeça, fiquei me perguntando se eu me odiava tanto pela porcentagem de bichice em mim, a ponto de ir para a cama com negros para me punir e me degradar. Isto significaria que eu na verdade odiava os negros e, por Deus, não era verdade.

Conhece-te a ti mesmo, fruta velha. E se você não pode se conhecer, conheça os outros. Mas ao menos seja bem-ajustado.

Eu realmente comecei a me empenhar em conquistar Ace, manobrando com a habilidade e a persistência de um César rebelde, sempre dando pequenas mordidinhas. Não se passava um dia sem que eu lhe dissesse algo, mesmo que não fosse nada além de algum comentário sobre o tempo. Eu lhe oferecia um cigarro cada vez que passava por ele no vestiário. Descobri que ele gostava de gim e, com base na velha teoria de que só aqueles que já se embebedaram juntos podem realmente se amar e compreender um ao outro, comprei uma garrafinha de gim e a deixei no meu armário. Eu gostava de beber da garrafa depois dele, nunca limpando o gargalo e sentindo a umidade de sua saliva em meus próprios lábios.

Aos poucos ele foi-se soltando. Às vezes ele até era o primeiro a falar.

— Como você se saiu no Bah o'Music, cara? – ele me perguntou uma noite, ao pegar um cigarro.

— OK – eu disse –, descolei alguma coisa.

— Você quer dizer dólares? – ele sorriu. – Ou crioulos?

Até mesmo ouvir um negro dizer a palavra *crioulo* me era desconfortável.

— Dólares – eu disse. E então soltei o verbo:

— É bem difícil conseguir alguma coisa com um negro por aqui – eu disse. – Eles nem olham para nós branquelos.

Ace parecia estar considerando o que eu havia dito. Finalmente ele também deve ter chegado a uma conclusão. – Não é tão difícil – ele disse. – Sei quem é o cara certo para você, um negro pobre que trabalha aqui no hotel.

Eu tremi por dentro e Ace continuou:

— Mas ele leva alguma coisa nisso?

— Dez – eu disse, me perguntando se havia perdido a cabeça. Ele pensou por um momento.

— O que quer que ele faça? – ele perguntou.

Eu lhe disse e ele sorriu.

— OK – ele disse. – Acha que pode com ele? Ele é muito bem-dotado.

— Tentarei – eu disse.

— Para onde vamos? – ele me perguntou.

Eu nem me dei conta da mudança nos pronomes, em minha mente eu já havia pulado na cama com ele. Mas de repente me pareceu ter deixado alguma coisa escapar.

— Onde está o seu sotaque sulista? – eu disse.

Ele sorriu e falou num tom perfeitamente nortista:

– Isto é só para mostrar que eu sei qual é o meu lugar aqui.

– Droga – eu disse. E então, lembrando de sua pergunta: – Eu moro numa pensão depois da estação Santa Fé. Em Beckley. Tem umas figuras muito esquisitas por lá; uma puta aguada, um pequeno e frágil psicopata...

– Todos brancos?

– Sim.

Ele balançou a cabeça.

– Melhor vir comigo – ele disse. No meu apartamento teremos menos problemas.

Mas mesmo isso foi mais difícil do que ele imaginou. A senhoria de Ace saiu de seu quarto quando estávamos prestes a subir as escuras escadas que davam para a sua casa. De sua porta aberta vinha um facho de luz que iluminava o corredor miserável.

– Mister Hardesty – ela disse numa voz de taquara rachada. – Quem está aí com o senhor?

– Apenas um amigo, Ms. Wilson – disse Ace. – Um amigo lá do hotel.

Ms. Wilson chegou mais perto e me pareceu uma ameixa-seca velha e enrugada com um tufo de cabelos brancos como algodão. Seus óculos de armação dourada brilhavam na luz do único glóbulo atrás de nós na porta principal.

– Ele é branco! – ela disse, com um nojo enorme. E então para mim:

– Saia já daqui, rapaz! Não queremos nos misturar com o lixo branco. Sempre causa problemas.

– Calma, calma, Ms. Wilson – disse Ace. – Lembre-se de como é que nos comportamos hoje em dia por aqui. Não podemos fazer discriminações, não é?

Havia uma amargura no seu tom de voz que não estava de modo algum escondida.

– Eu não vou admitir...

– Ms. Wilson – disse Ace, um pouco mais áspero. – Eu já lhe disse que este rapaz branco é meu amigo. A senhora não quer que ele vá à polícia se queixar do modo como foi expulso daqui pela senhora, quer? Estas coisas agora funcionam em mão dupla.

Protestando, Ms. Wilson acabou cedendo e nós subimos. Eu

estava nervoso e suando. Esta tinha sido a primeira vez que eu vira a outra face da moeda do preconceito. Não sabia se estava zangado ou magoado.

Ace riu enquanto abria a porta. – O que achou desta pequena amostra do preconceito negro? – ele disse. – Nada divertido, hein?

– De jeito nenhum. – Minha primeira – vez eu falei, ainda tremendo.

– Não é diferente do que nos acontece com os brancos – ele disse. – Agora você tem uma idéia do que é que nós passamos.

Ele trancou a porta por dentro. Um pouco de luz entrou pelo tecido pobre da cortina. Então, de pé no meio do quarto, com um movimento rápido, ele desafivelou o seu cinto. Suas calças deslizaram até o chão. Ele não estava usando roupa de baixo.

– OK, rapazinho branco – ele disse; sua voz havia perdido o tom brincalhão. – Sinta mais um pouco do sabor negro das coisas antes que nos envolvamos em alguma integração mais séria.

Depois disto eu e Ace arranjamos uma maneira de nos encontrarmos uma vez por semana. Era bom para nós dois, eu acho. Seja como for, não rolou mais nenhum dinheiro depois daquela primeira noite. Às vezes eu sugeria que gozássemos juntos e ele, às vezes, topava. Ele era cheio de toda sorte de trocadilhos escandalosos: "Que tal uma bola preta em sua caçapa esta noite, rapaz branco?", ele dizia. Ou: "Quer que eu invada sua área com minha chuteira?"

A maneira descuidada como lidávamos com esta história não escondia de nós mesmos o fato de que aquilo era perigoso como o diabo. Era o tipo de coisa que fazia com que você fosse expulso da cidade por terra ou mar ou açoitado pela Ku Klux Klan ou quem quer que fossem os "vigilantes" de hoje em dia. De vez em quando íamos para a minha casa, e tínhamos de entrar sorrateiramente. Uma vez aquele psicopata franzino, Harvey Lee, ou seja lá qual era o seu nome, bateu na minha porta enquanto Ace estava no meu quarto; ele teve de se esconder no armário enquanto Harvey, que era gago, fazia proselitismo a respeito do comunismo. Eu tentei botá-lo para fora e finalmente consegui, mas só depois de permitir que ele deixasse comigo um grande pacote embrulhado em papel e amarrado, que ele disse conter livros, panfletos e outros "materiais libertários".

– E-eu não estou to-todo dia no meu quarto – ele disse. Seu cabelo era irregular e estava despenteado. Ele não tinha queixo e seu olhar tremulante lhe dava uma aparência frágil.

– A-alguém pode roubá-los.

– OK, OK – eu disse impaciente. – Vou guardá-lo debaixo da minha cama e você pode vir pegá-lo quando quiser.

– Tal-talvez demo-more um pouco.

– Tudo bem.

Eu estava fechando a porta gradualmente.

– Muito obrigado – ele disse.

Quando a porta finalmente se fechou, Ace saiu do armário. Ele estava suando em bicas e exalando doces odores.

– Maldito punk – ele resmungou.

Olhou para o pacote.

– Estranha forma para um monte de livros.

– Sim – eu disse, pensando em outras coisas que estavam à minha frente. Eu empurrei o pacote para debaixo da cama e me esqueci dele. Enquanto me curvei sobre o pacote, Ace beliscou violentamente a minha bunda pelada. Eu dei um uivo, caí sobre a cama e ele pulou em cima de mim. Sorte que a cama era forte, nossos encontros pareciam com os de dois animais.

Jogos e diversão! Jogos e diversão! Quando o verão passou e chegou o outono, eu já havia me acostumado à cidade, apesar de nunca ter realmente gostado dela. Havia uma certa aparência e sensação de algo inacabado, como se um deserto ao seu redor estivesse prestes a se mudar para lá a qualquer momento. Sem dúvida alguma, aquela era a cidade mais cosmopolita de todas, tentando passar por mais sofisticada do que na verdade era, mas que sob esta falsa superfície abrigava correntes de intolerância, extremismo, preconceito e lutas pelos direitos a torto e a direito, que a mantinham com o mesmo status de qualquer cidadezinha pequena do sul ou do norte longínquo.

Outubro e novembro foram dois meses agradáveis. O ar estava fresco e um pouco mais frio, e o céu, de um azul límpido sem nuvens; para quem gostava era um prato cheio. Para mim parecia um pouco estúpido. Mas a esta altura eu já estava bem envolvido com

Ace, o primeiro negro que eu realmente havia conhecido intimamente, o primeiro que foi mais que um parceiro casual no campo de batalha da noite e do sexo.

Ele tinha uma boa cabeça, era astuto e dono de um senso de humor que o salvava. Mas as indignidades a que ele era exposto diariamente não passavam despercebidas. De vez em quando ele se enfurecia no hotel, quando algum hóspede o insultava e ele tinha de ficar quieto. Às vezes ele até cuspia em suas xícaras de café. Eu aprendi, por meio de amargas experiências, que não era aconselhável ficar ao seu lado nas noites que se seguiam a tais dias, pois ele acabava descontando sua raiva em mim, às vezes muito dolorosamente. Nestas horas eu me tornava o símbolo de tudo o que ele odiava. A "integração", não importa o quão intensamente se tentasse alcançá-la, nem que meios fossem utilizados, ainda era algo superficial. Ódio e costumes seculares não desaparecem do dia para a noite.

Mas eu acho que no todo Ace gostava de mim. Uma noite, no fim de novembro, eu perguntei a ele por que havia ficado no sul.

– Por que não vamos para o norte? – eu disse. – Estou mesmo de saco cheio desta maldita cidade. Não precisaríamos rodar tanto nem nos esconder se fôssemos para Chicago.

– Por que não? – ele disse. – Estou pronto para ir quando você quiser. Mas acho que as coisas não vão ser muito melhores por lá.

Eu funguei em sua axila mais um pouco e ele sussurrou no seu melhor sotaque sulista:

– Sabe, cara, você até que não é nada mau para um branquelo. Gosto de você. Finalmente encontrei alguém que me completa.

– Nossa, obrigado – eu disse, inaudível sob seu grande braço negro. Ele aumentou um pouco a pressão.

– Você tem um belo corpo – continuou ele. – E o cabelo – ele puxou os pêlos do meu peito e depois mais abaixo. Eu gritei. – nos lugares certinhos. É claro que eu não agüento muito o cheiro de vocês, ele disse. Vocês todos têm este fedor branquelo impregnado.

– Quanto mais se lava pior fica – eu disse.

– Sim, você tem razão.

De repente ele estalou seus dedos negros e enormes.

– O que foi agora? – eu disse.

– Amanhã é sexta-feira, dia de pagamento – ele disse.

– Como toda semana.

Ele se deitou de costas. Eu fechei minha boca sobre o grande bico do peito negro que estava mais próximo de mim. Ele fez um pequeno som de prazer.

– Mais que isso – ele disse.

Meu ouvido estava achatado sobre o seu peito e eu podia ouvir a ressonância de suas palavras no fundo das cavernas secretas de seu corpo, onde nasciam os sons. Era perturbador e um pouco aterrorizante. Eu ergui a cabeça.

– O quê? – eu disse.

– Tenho um programa para amanhã – ele disse. – No hotel.

Senti um certo nojo.

– Estou com ciúmes – eu disse.

– Não – ele disse. – Não por uma nota de cem.

– Tanto assim? – eu disse, incrédulo.

– Sim, este cara vem para cá uma vez por ano. Ele chama uma puta ruiva que ele conhece aqui na cidade. Então ele tira fotos enquanto eu a como.

– Cara – eu disse. – É muito perigoso registrar as coisas em filme.

– Eu sei – ele disse. – Mas é assim que ele sente tesão. Está tudo combinado para as dez da manhã. Eu posso escapar e tirar uma hora de folga, acho.

– E se você for pego, cara – eu disse. – Eles podem linchar você por deflorar a feminilidade sulista.

Ele riu.

– É pouco provável. Nós somos cuidadosos. Ele é cuidadoso. Eu sou cuidadoso.

Ele ergueu uma enorme perna negra e curvou os dedos para baixo até estalá-los.

– Além do mais – ele disse –, amanhã é o dia daquela grande parada. Isto vai desviar a atenção de todos da falta de uma pessoa no serviço de quarto.

– Eu só pego depois das quatro da tarde – eu disse. – Vou dormir o dia inteiro.

– Você é um filho da mãe sortudo.

Bem nesta hora ouviu-se uma batida forte e breve na porta. Ace me agarrou com força.

– Quem é? – eu disse.

– Harvey – disse a voz inaudível. – Harv Lee. Posso po-por favor pe-pegar o pacote que deixei com você?

– Só um minuto – eu gritei.

– Droga – sussurrei para Ace –, tinha-me esquecido completamente disso. Cubra-se com este lençol e fique quieto.

Foi o que ele fez. Fiquei de joelhos e procurei o pacote embaixo da cama. Ele estava coberto de poeira e cabelo. Assoprei um pouco e o levei até a porta. Abri-a, ficando atrás dela para esconder minha nudez, mas deixando que ele visse o bastante para não insistir em entrar. O tampinha estava ali deslocando o peso de um pé para outro. Ele parecia muito agitado.

– Que hora mais imprópria de vir buscá-lo – eu resmunguei.

– De-desculpe – ele gaguejou.

Ele agarrou o pacote, que fez um barulho metálico e ficou balançando para frente e para trás como se precisasse ir urgentemente ao banheiro.

– O-obrigado po-por guardá-lo para mim.

E então ele se foi, já estava na metade do corredor quando fechei a porta.

– Não! – eu disse, e então mandei todos aqueles pensamentos embora.

Contra o pálido quadrado noturno da janela seu corpo era negro monolítico e radiante. E de repente senti emergir em mim uma onda de amor e lascívia, ou desejo, ou todos eles juntos, a mesma emoção, talvez, que fez com que a tímida e recatada Desdêmona se transformasse numa mulher determinada a ter um amante negro e romântico chamado Otelo.

Eu deslizei minha mão sobre o seu grande e aveludado ombro negro e tracei com meus dedos o profundo vale de sua espinha. Então baixei minha cabeça em direção à sua e senti minha pobre boca ser engolida pelos lábios abundantes de cor púrpura que me exploravam por dentro até eu sentir que elas poderiam sugar minha alma para fora do meu corpo.

O telefone do meu andar da pensão ficava bem ao lado da minha porta. Fui obrigado a driblar vários estágios de sono na manhã seguinte, acordado pelo seu toque. Obviamente ele não pararia até que eu o atendesse. Todas as outras pessoas já tinham ido trabalhar.

Vesti minhas calças e fui tropeçando para o corredor de peito nu e descalço.

Era Ace. Estava realmente zangado.

– Ouça, meu camaradinha – ele disse. – Fui pego. É sério. Vou me mandar para Chicago. Agora mesmo. Você vem comigo?

Foi como se me jogassem um copo de água fria na cara. Despertei imediatamente.

– Que horas são? – eu disse.

– Onze e quinze – ele disse. – Só dá tempo de ir para casa fazer as malas e chegar a Santa Fé às doze e trinta. Vou pegar seu envelope no hotel se você ligar agora para lá e autorizar.

– OK – eu disse. – Encontro você na estação Santa Fé assim que for possível. Eu compro as passagens. Tenho de ir ao banco também.

– OK, cara – ele disse. – Seja rápido.

Não me lembro bem como consegui fazer tudo aquilo. Fui ao banco, mas o táxi só podia ir até a metade do caminho. A rota da parada havia bloqueado várias ruas. Depois demorei horrores para pegar um táxi de volta para casa, mas finalmente consegui e o cara esperou até que eu pegasse a minha bagagem. Alguns dólares ajudaram a convencê-lo.

Cheguei à estação e comprei passagens para um leito para Chicago, quarto para dois. Às doze e vinte e dois Ace apareceu carregando uma mala velha e surrada.

– Estamos quase lá, cara – eu disse.

– Dê-me a minha passagem – ele disse. – Você entra primeiro. Eles vão fazer um escarcéu se entrarmos juntos. Eu o seguirei em dois minutos.

Eu ia me opor, mas vi que ele estava certo. Oh! Texas, terra dos homens livres e lar dos bravos! Eu corri desenfreadamente para o portão, passei por ele e encontrei o vagão e o quarto certo. Entrei e fechei a porta.

Dois minutos depois, Ace veio. Seu belo rosto negro brilhava por causa do suor. "Encontrou?", ouvi o sentinela dizer atrás dele.

– Sim, obrigado – Ace grunhiu em resposta.

Ele caiu na poltrona em frente à minha e abriu suas grandes pernas. Sorriu para mim.

– Bem, acho que conseguimos – ele disse, respirando com dificuldade. – Arrependido?

– De jeito nenhum – eu disse. – Mas eu já estava me perguntando se conseguiríamos morar juntos em Chicago sem problemas.

O trem começou a sair do distrito. Através de nossa janela podíamos ver várias das ruas principais da cidade.

– Lá está a parada – disse Ace, apontando-a.

– Com certeza – eu disse.

Ela estava passando lentamente por uma das ruas a meia milha de distância. Nós ficamos olhando.

Vimos alguns prédios passarem por nossa janela e a linha móvel dos carros por um momento, e então pudemos ver novamente a parada. Mas algo parecia ter dado errado. Os carros que lideravam a parada de repente desviaram e saíram em disparada.

– Isto é engraçado – eu disse. – Gostaria de saber qual é o problema.

– Talvez uma explosão – disse Ace.

– Dificilmente.

Foi somente às quatro da tarde, depois que Ace catou o pequeno rádio transistor de sua mala, que descobrimos o que realmente aconteceu e quem realmente era Harvey Lee, além do que poderia haver dentro do seu pacote.

6
Um michê barato

– **O** que acha de me emprestar alguns trocados? – eu disse, e então, sem esperar por uma resposta, passei a mão na maior parte do que havia sobre o criado mudo.

Ace estava deitado na cama, manipulando-se, indolente. Ele virou seu belo rosto negro em minha direção e sorriu brevemente, um tipo de sorriso superficial sem nenhuma verdadeira intenção por trás.

– Por que não? – ele disse. Havia uma ponta de amargura no seu tom de voz. – É tudo seu mesmo.

Ele ergueu um joelho, o mais próximo à parede. O pequeno abajur ao lado da cama formou um sombra grotesca de seu sexo contra o papel de parede florido, deixando-o com um tamanho olímpico.

– Tem algum programa marcado para hoje à noite? – ele perguntou.

– Sim – eu disse. – Um cara chamado Elstein, na Gold Coast.

Ace se virou em minha direção, apoiando-se sobre o cotovelo.

– Por que não pergunta a ele se está a fim de algo novo? – ele disse. – Algo grande e negro.

– Perguntarei – eu disse. – Acho que ele dirá que sim, se o que ouvi a respeito dele é verdade. Acho que ele é de tirar o fôlego.

– Diga a ele que você conhece um pobre negro que está morrendo de fome – disse Ace – e que está louco para pegar uma carne branca como a dele e deixá-la preta e azul. E tudo por míseros dez paus.

– Você parece bem deprimido esta noite – eu disse.

Ace voltou a se deitar sobre a colcha verde felpuda.

– Cara – ele disse –, se eu soubesse como seria duro arranjar trabalho em Chicago, até mesmo programas, acho que teria ficado na ensolarada terra do sul, com segregação e tudo o mais.

– Alguma coisa vai pintar logo – eu disse.

– É o que você vem dizendo há meses – Ace resmungou. – Parece que trabalhar como michê é duas vezes mais difícil por aqui. Os branquelos não querem nem saber de carne preta, este é o problema, e as bichas negras não têm dinheiro bastante para pagar. Além do que aquelas que podem pagar querem carne branca.

Concordei. Tudo aquilo era realmente verdade, infelizmente. Desde que eu e Ace fugimos do Texas, as coisas não foram exatamente um mar de rosas. Para começar, foi difícil conseguir um lugar onde pudéssemos viver juntos. Os brancos não queriam Ace no seu bairro – todo aquele papo furado de não haver preconceito em Chicago; funcionava bem ao contrário. E os negros não queriam a mim. Parecia haver uma espécie de acordo de cavalheiros sobre isto em toda parte. Finalmente encontramos um pequeno apartamento de dois dormitórios em North La Salle, numa área onde negros, portoriquenhos e – inacreditavelmente – alguns brancos isolados viviam juntos em relativa harmonia e liberdade. Geralmente não havia mais que um esfaqueamento por noite. As desordens e brigas de rua estavam restritas ao número respeitável de uma dúzia e não eram registrados mais que três estupros a cada 24 horas, apesar de muitos outros não o serem, ou, caso o fossem, não poderem se tornar públicos.

Nosso apartamento poderia ter figurado orgulhosamente ao lado de qualquer gueto e obtido tantas honras quanto eles por morbidez e sujeira. Acho que o que mais me pegava era o cheiro penetrante de repolho cozido no ar. Parecia estar impregnado até mesmo nas paredes. Ao se fazer um movimento súbito no quarto, o ar era perturbado e de repente lá estava ele, saído de lugar nenhum – o nauseante e penetrante odor de repolho, o odor "mais vagabundo" do mundo – insosso, inofensivo, cristão e nauseante. Fora este, todos os outros odores são toleráveis, até mesmo apreciáveis. Eu sentia que por vezes ele chegava a penetrar em nossos corpos. Ao lamber as formas negras como o âmbar de Ace, eu percebia que até mesmo aquele colosso de mármore preto estava perdendo o seu cheiro característico e estimulante das axilas, virilha e pau e começando de repente a exalar um vapor envenenado de repolho cozido.

Aquele odor era a pior coisa de nossa casa. Os outros desconfortos e nojos eram suportáveis. Podíamos suportar a pintura do banheiro microscópico, as torneiras e canos entupidos e enferrujados, as cortinas de plástico rasgadas, até a cama pequena. Mas aquele odor alcançava nossas almas e as desonrava com o fedor da pobreza e miséria e o estilo de vida de uma cidade pobre americana.

Eu sabia muito bem que minha relação com Ace estava começando a se desgastar. E também que havia um muro começando a se erguer entre nós. Podiam-se quase ouvir as pedras se encaixando a cada dia. Cada vez que eu conseguia um novo programa e Ace não, era mais um tijolo na triste construção. Eu odiava aquilo, mas não sabia como impedir. E o orgulho de Ace estava ferido. Ele não queria pegar dinheiro de mim, e ainda não tinha conseguido nenhum trabalho.

Nenhum de nós sabia dizer como começou a distância emocional nem – além do problema de dinheiro – quais eram as suas raízes. Suponho que em parte isto se devia à consciência que tínhamos da cor um do outro – Ace freqüentemente deixava claro, mediante um determinado tom de voz ou inflexão, os caminhos mais profundos de seus sentimentos, ou ainda fazendo generalizações a respeito dos brancos do sul e seus preconceitos, incluindo por extensão todos os branquelos. Às vezes eu era intencionalmente descuidado com a escolha de minhas palavras ou ia longe demais com brincadeiras a respeito de seu "bronzeado permanente", ou seu odor, apesar de ele pegar igualmente pesado em nossos momentos mais descontraídos. Mas algumas vezes, sob o pretexto de uma "brincadeira", é possível sentir a dor da verdade, como uma falsa proteção sobre a ponta de um canivete perfurando um ponto macio da pele tenra.

Eu o olhei assim deitado nu na cama. Lá fora o frio estava rigoroso e o aquecedor a vapor agitava-se, agora nervoso com a sua carga de líquidos úmidos e quentes, fazendo com que fosse praticamente impossível vestir roupas naquele lugar pequeno. Nós ou assávamos ou congelávamos.

– Cara, você é um garanhão boa-pinta – eu disse. – Odeio ter de deixar você por aquela tia velha.

Ace aproveitou o fio da meada e se virou para mim.

– Bem, por que ir? – ele disse. – Você pode ficar por aqui e trabalhar nisso. Aqui está gostoso e quente – com todo o conforto de casa.

Era possível sentir a amargura envolvendo cada palavra como uma casca sobre uma fruta.

– Ace, eu tenho de ir – eu disse. – Sabe que precisamos do dinheiro.

Ele olhou para mim com aquele olhar sexual sonolento e pesado que sempre jogava minha resolução por terra. – Sim, eu sei, – ele disse. – Odeio sentir-me preso.

– Bobagem – eu disse –, você já esteve assim antes. E eu também.

– Certo, cara – disse Ace –, mas não com outro michê e ainda por cima branquelo.

Eu sabia que ele estava irritado quando usava esta palavra, um dos insultos que os negros haviam inventado para falar dos brancos. Esta palavra nunca me pareceu tão asquerosa quanto a palavra "crioulo" nos lábios de um sulista, mas com a devida inflexão, ela adquiria um tom ofensivo. Ace sabia fazer isto com esperteza.

Mordi o meu lábio por dentro, um hábito que estava desenvolvendo ultimamente. Mais um mês e eu provavelmente estaria pronto para um psiquiatra. Eu conseguia enxergar a situação com bastante clareza. O problema era o orgulho de Ace. Ele tinha de recuperar a sua autoridade.

A manipulação indolente teve o seu efeito. Ele estava em ponto de bala. – Dê um pulo aqui, branquelo – ele disse. Uma sensualidade quente e arfante vinha de suas palavras lentas à medida que elas deslizavam por meus braços e pernas, acendendo pequenas chamas que percorriam minhas coxas e subiam até minhas axilas.

– Ace – eu disse desesperado. – Vou me atrasar demais para chegar à casa de Eddie.

– E daí? – ele perguntou. Havia um pouco de raiva agora, e o fogo prevalecia sobre os tons lentos. – Ele não vai estragar nesse tempo.

– Eu...

– Não discuta – disse Ace. – Tire a jaqueta e venha para cá.

Ele se ajeitou de modo a ficar sentado na ponta da cama, as pernas escancaradas.

Eu me desvencilhei de minha jaqueta preta de couro pensando: "Que diferença faz, afinal?". Além do mais, eu também estava a fim. E se eu precisava de razões ou racionalizações, podia dizer a mim mesmo que estava ajudando Ace com seus problemas, fazendo-o se sentir maior e melhor que seu velho amigo branco.

Ele estava me olhando maliciosamente. Fui me ajoelhar entre as suas pernas. De repente ele se levantou da cama e me agarrou pelas axilas com sua mão enorme.

— Mudei de idéia — ele disse, levantando a outra mão para alcançar o grande pote de creme. — Tire as calças, branquelo.

— Ace, esta noite não — eu disse, num protesto sem muita veemência. Eu sabia que ele não ligaria para isso, mas achei que um pouco de resistência desta vez tornaria seu triunfo sobre mim ainda maior.

— Faça o que estou lhe dizendo, seu branco desgraçado — Ele estava suando. Tentou pegar o meu cinto, mas eu o desafivelei rapidamente. Ele agarrou as minhas calças e as puxou para baixo, e, com uma mão na minha nuca, me forçou a curvar-me sobre os pés da cama. Então, com o cheiro de algodão em minhas narinas e o doce e dramático odor do creme, senti a incrível dor começar e crescer até que a cada impacto minhas órbitas oculares começaram a produzir estrelas vermelhas de encontro à cortina preta de meus olhos fechados, e eu pensei que a agonia e o êxtase não fossem jamais chegar ao fim...

Era quase meia-noite quando voltei cambaleando do elegante apartamento de Gold Coast para o nosso pequeno buraco em La Sale Street. Eu não cambaleava em razão de qualquer coisa ocorrida na casa de Eddie Elstein, mas pelos tratos anteriores a isso, e não tão ternos, de meu velho e negro "Ace de espadas". Era uma caminhada de apenas seis quarteirões, mas nevava e caía granizo, o que bastava para me congelar os ossos. O calor do apartamento estava se esvaindo, pois o aquecedor parava a sua dança noturna por volta das onze horas e não recomeçava até de manhã cedo.

Ace estava deitado do seu lado da cama, seus magníficos ombros negros e tórax pesados sobre o lençol puxado até a metade de seu corpo. Tirei minha jaqueta de couro, e a neve caiu e se liquefez no linóleo do chão.

– Ei, cara, acorde! – eu disse. – Tenho um presente de grego para você!

Ace abriu uma pálpebra pesada e então outra.

– De que tipo? – ele disse hostil.

Eu pendurei a jaqueta na cadeira.

– Um convite e dois números de telefone – eu disse. – Em primeiro lugar, Eddie quer vê-lo amanhã à noite. Coisa de vinte paus.

Ele se iluminou um pouco.

– Razoável – ele disse. – E o que mais?

– Número dois – eu disse, desdobrando um pedaço de papel. – O telefone de J. P. Floyd no South Side.

– Quem diabos é J. P. Floyd? – perguntou Ace.

– Bem, ele é Mister Madam – eu disse. – Tem o maior curral de garanhões brancos e negros em Chicago. Está no negócio há anos. Eddie disse que ele supre metade dos bancários e dos hotéis da cidade. Lida com todo tipo de gente – de bichas a prostitutas. Na maioria homens, mas também atende a clientes femininas. Você faz o seu preço e ele fica com 25%. Os ganhos vão de vinte a cinqüenta.

– Nada mal – disse Ace, esfregando o queixo pensativamente.

– Só tem uma desvantagem – eu disse. – Ele tem de experimentá-lo pessoalmente antes. De graça.

Ace deu de ombros.

– Não é um grande investimento.

– No seu caso – eu disse, esfregando-me, um pouco sentido –, acho que está errado.

Ele sorriu, o primeiro sorriso sincero dele havia muito tempo.

– Qual o terceiro? – ele perguntou.

– O número de telefone de um cara no South Side chamado Treville Tolman – eu disse. – Ele conhece todo mundo. Dá festas realmente quentes, com grandes nomes – cantores, homens e mulheres, brancos e negros. Comediantes como o velho Fiddle-face. Você pode encontrar todos eles lá. Eddie ligou para ele enquanto eu estava lá – estamos convidados este sábado para ver qual é. Nada mau, hein?

– Nada mau para um branquelo, branquelo – ele disse.

Depois disso as coisas pareceram melhorar um pouco por algum tempo, mas não havia nenhum sinal de que iríamos conseguir nos reaproximar. Quando Ace engrenou com J. P. Floyd, ele passou a ser menos um mistério e mais um enigma. Que pensamentos e ódios se perseguiam agressiva e sorrateiramente por entre os negros vales de seu cérebro? Que pequenas e negras ordens criminosas de matar, sufocar e mutilar estavam sendo telegrafadas ao longo dos escuros circuitos de suas sinapses?

Ou será que eu estava sendo idiota e romântico? Será que a nova consciência dos infortúnios dos negros tinha me tocado a ponto de me provocar pesadelos?

Com J. P. Floyd ele voltou a ser relativamente bem-sucedido. J. P. o chamava duas vezes por semana, às vezes mais. Ace começou a ter dinheiro nos bolsos novamente. E havia um jovem garanhão negro – um rico homem de negócios que sempre perguntava por ele. Finalmente Ace deu-lhe o telefone do nosso corredor e as chamadas deixaram de se dar por intermédio de J. P. Desta maneira, ele passou a poupar 25%.

– Você está tendo um belo casinho com este tal de Herbie – eu disse, uma noite.

Ace estava tomando um "banho à francesa", axilas, pau e pés. Seus grandes músculos negros se repuxavam e esticavam cada vez que ele se lavava. Ele estava com um pé na pia e o seu sexo estava dependurado como o de um cavalo selvagem.

– Com ciúmes? – ele disse.

Ele tirou o pé da pia e começou a esfregar os pêlos negros e encaracolados de sua virilha. Curvou a boca virando-se para mim. – Herbie é um ótimo amante – ele disse – É até mais negro do que eu. Sabe como é: quanto mais escura a amora, mais doce é o seu sumo.

– Isto faz dele o melhor – eu disse.

Tentei disfarçar o tom de amargura da voz, mas acho que ele percebeu. Olhou para mim curioso.

– Você *está* com ciúmes – ele disse.

– Um pouco, eu disse.

– Pensei que nós, michês, não tivéssemos emoções – ele disse – Ou pelo menos não deveríamos.

Eu dei de ombros.

– Às vezes algumas coisas escapam ao controle – eu disse.

Ace mudou de assunto.

– Herbie é selvagem mesmo – ele disse. – Ele pira. Sabe qual é a última que ele inventou?

– O quê? – eu disse, não muito interessado.

– Armar uma suruba com um branco. Seis ou sete negros e um branco amarrado.

– Alguns não precisariam ser amarrados – eu disse.

Ace balançou a cabeça.

– Assim não teria graça – ele disse. – Um pouco de luta tornaria as coisas mais excitantes. Herbie disse que soube de algo parecido na South State Street. Num lugar chamado Suzette's.

– Um bar muito ordinário – eu disse. Eu o conhecia.

– Já esteve lá?

– Uma vez – eu disse. Não era da conta dele.

– É, uma meia dúzia de caras fica por lá toda noite, esperando que um branco meio bêbado entre. Talvez você os tenha visto. E mais cedo ou mais tarde sempre aparece um branquelo – meio pobretão, sabe como é. Então um dos caras lhe paga uma bebida e aos poucos todos se aproximam e continuam pagando bebidas para o branquelo até ele ficar chapado e finalmente dizem: "Vamos à casa de Fredie, onde rola um agito", eles dizem.

– Onde é a casa de Fredie?

– Em lugar nenhum – disse Ace. – Eles só fazem de conta. Talvez seja a casa onde um deles mora. Eles o levam até lá, tiram a sua roupa, amarram-no, deixam-no de bruços na cama e mandam ver. Durante a noite toda. Levam o tempo que quiserem.

Fiz uma careta.

– Não, obrigado – eu disse. Eu não. Isto não é jeito de levantar uma grana. Além do mais, isto já aconteceu a um cara que eu conheço.

– E daí? – disse Ace. – Acho que dava para rolar uma grana. Alguns trocados por trepada.

– Primeiro vai ter de encontrar alguém que se preste a isso – eu disse.

– Não é difícil – disse Ace. – A cidade está cheia de michês baratos.

– Vou dar na sua cabeça com a minha bolsinha de moedas – eu disse, usando a deixa de uma velha piada.

Ace riu um pouco.

– Eu gostaria de experimentar este lance pessoalmente – eu disse –, só que com um negro na cama.

– Cara, nós somos os melhores nisso.

Ace sorriu maliciosamente, caindo de novo no mais puro dialeto sulista.

– Você está certo – eu disse.

– Por falar nisso – disse Ace – Treville Tolman vai dar uma festa na próxima sexta. Quer ir?

– Acho que sim – eu disse – A menos que eu consiga um programa de cinqüenta dólares até lá. Eu não gosto muito destas festinhas de Treville.

Ace pegou a toalha para se secar.

– Negros demais?

– Não, não é isso – eu disse.

Eu estava atravessado na cama. Tentei alcançá-lo e ele foi um pouco para o lado. Meus dedos esbarraram na ponta do seu sexo e então em seu quadril e sua bunda quando ele se virou.

– Ace – eu disse, um pouco petulante –, já faz tempo que não sei qual é o gosto desta carne negra.

Ele fez um som que podia ser um riso nervoso misturado com uma tossida.

– Tenho de me guardar para meu amante negro – ele disse. – Do mesmo modo como você tem de se guardar para o cliente branquelo.

Ele me lançou um olhar vazio e levantou um braço para secá-lo.

– Acho que agora, se eu quiser, vou ter de pagar por isso – eu disse.

– De um jeito ou de outro – ele disse.

– Como, por exemplo? – eu disse. – Dez dólares como da primeira vez?

– Acha que é muito caro? – ele disse. Seus olhos se apertaram.

– Um pouco pesado para o meu bolso este mês – eu disse.

– Bem, que tal isto, então?

Ele estendeu um de seus pés negros, baixou a cabeça e deixou cair uma cusparada pesada diretamente nele. Ela caiu no meio do peito arqueado de seu pé e deslizou brilhante por entre seus dedos.

– Se quer alguma coisa, desça aqui e lamba isto.

– Ace! – eu disse, chocado como nunca.

A saliva continuava a escorrer, perdendo-se entre seus dedos. Eu olhei para ele.

Ele estava sorrindo para mim. Eu já tinha visto aquele olhar antes – nos rostos dos brancos sulistas quando olhavam para um negro que desafiava seu senso de superioridade. Era um olhar de ódio, frígido, amedrontador, tão venenoso quanto o da cobra destilando seu veneno. Era um olhar frio e mau, congelando um pedaço de ódio no ar ao redor do rosto em que aparecia.

Eu estava mais vestido que ele. Peguei minha jaqueta e gorro e fui para o amargo e cáustico tempo lá fora, de um março tempestuoso, onde estava mais quente.

Subimos os degraus negros em direção à luz vermelha do topo, Ace na frente e eu atrás – entre os sons abafados dos risinhos do quarto lá de dentro. Sempre permanece algo de sua primeira impressão da casa de Treville em todas as visitas seguintes – algo relativo ao estranho medo, quase pavor, de não se saber no que é que se está metendo. Eu não gostava muito de seu apartamento. Era estranho e frio, construído, diziam, por algum negro rico que tinha sido apaixonado por Mont St. Michel. Os dois quartos principais pareciam pequenas capelas. Das pontas do telhado surgia uma espécie de suporte, criado e decorado pelo sonho de um arquiteto louco, com botões de rosa, lírios e flores-de-lis esculpidos na pedra junto a figuras grotescas aqui e ali. Porém, mais estranho do que tudo, talvez, era o fato de que todas estas decorações, tanto das paredes quanto do teto, eram feitas de concreto. Com determinado clima as paredes suavam, o que fazia parecer que a câmara de tortura havia sido trazida para a sala de estar, e que você estava dentro dela.

Ace e eu vivemos numa espécie de trégua armada desde que ele me lançou aquele olhar de ódio. Nós dividíamos a mesma cama e banheiro quase como estranhos e com muito pouca conversa. Acho que cada um de nós estava secretamente procurando um outro lugar para morar. Eu, pelo menos, estava.

– Quem vai estar lá? – eu disse, quando chegamos ao topo dos degraus, esperando que Treville abrisse a porta.

– Não sei – disse Ace. – Herbie e alguns estranhos.

Treville abriu a porta. Ele era um pequeno negro escuro e feio, quase frágil, com seus cabelos começando a ficar prateados nas têmporas. Parecia um pequeno missionário batista, mas por dentro era – como publicariam os jornais – "um monstro de perversão". Havia poucas coisas além de assassinato explícito que não tivessem acontecido em seu apartamento. Ele tinha um cargo importante no escritório central dos correios.

– Bem, o convidado de honra! – disse-me Treville.

– Oi, Trev – eu disse. – Por que isso?

– Você é o único branco por aqui – disse Treville.

– Não me assuste – eu disse rindo, mas por algum motivo me senti um pouco desconfortável.

Tirei minha jaqueta de couro e a entreguei a ele. Ele enterrou o seu rosto nela e inspirou profundamente.

– Mmmm – ele disse, com os olhos fechados. – Coisa boa, cara.

– Com certeza sou – eu disse.

Treville fechou a porta e pegou o casaco de Ace. – Pensamos em fazer uma farrinha esta noite.

– Boa idéia – disse Ace. – Eu estou a fim de uma.

Treville passou na nossa frente atravessando a porta que dava para o quarto interno. Estava muito nebuloso, iluminado pela única lâmpada vermelha pálida ao fundo. Ele sempre mantinha um tipo de sombreado róseo desesperado nos quartos principais, mesmo nas festas mais selvagens. "Assim o ambiente ganha um ar mais depravado", ele havia explicado, mas eu realmente achava que aquilo se devia ao fato de sua idade não ficar tão evidente sob aquela iluminação.

Cinco das seis cadeiras estavam ocupadas por sombras negras usando golas e punhos brancos – era uma visão fantasmagórica. Havia mais duas sombras num grande sofá vermelho escuro, reclinadas e com as pernas esticadas para fora do quarto.

– Você não pode ver ninguém nem saber como eles se parecem – disse Treville –, mas este é Herbie e lá está Leonard, Bob e...

Uma voz lenta e grave veio das sombras por trás de mim. – Eu não acredito! – disse a voz. – Ace, querido, como foi que você conseguiu convencer este rapaz a vir nos ver de novo? Aquele que nós pegamos no Suzette's mês passado?

Eu me voltei, tentando ver através da escuridão.

– Oh, não – eu disse – não é bem...

– Suzette? – Ace disse, perplexo. – Quer dizer que vocês são os caras que ficavam por lá o tempo todo? Oferecendo-se para os branquelos?

– Claro, cara – disse outra voz pesada, vinda desta vez do sofá. – Parece que esta noite o branquelo já veio prontinho para nós.

Ace me agarrou pelo braço e apertou forte.

– Isto é verdade? – ele perguntou.

Eu tentei me livrar. Ele me agarrou pelo outro braço também e me sacudiu.

– O que eles estão dizendo é verdade?

Eu me virei com força e me desvencilhei dele.

– Sim – eu disse. – E daí?

Os outros olhavam.

Ace ficou parado sem se mover por alguns segundos. Então começou a abrir um pequeno sorriso.

– Nada – ele disse. – Nada de mais.

Arrumei a minha camiseta preta e me virei para Treville.

– As coisas parecem um pouco frias por aqui esta noite – eu disse. – Acho que não vou ficar.

Fui em direção à porta.

Uma das sombras negras se ergueu da cadeira.

– Não tão rápido, branquelo – ele disse.

E então os outros me rodearam.

Não dá para lutar quando cinco ou seis caras te agarram. Talvez eu tivesse conseguido escapar se fossem apenas Ace e Treville, mas nesta situação tudo o que eu pude fazer foi me debater. Eles simplesmente me agarraram, seguraram e imobilizaram. Eu não conseguia sequer mover os braços. Dei um chute uma hora e acertei a canela de alguém, e então eles deram um fim a isso simplesmente colocando-me na horizontal, segurando-me pelas pernas e me carregando como se eu estivesse numa maca. Oh, eu lutei. Não era como se eles estivessem carregando um cadáver. Mas não adiantou nada. Eles me levaram para o quarto mal-iluminado, o dos espelhos em todas as paredes e teto, e então, antes de me colocarem na cama, rasgaram minha camiseta, desafivelaram e tiraram minhas botas e puxaram minhas calças para baixo e as arrancaram, carregando-me no ar. Eu me vi refletido no teto. Parecia que eu estava na mesa de operações com seis cabeças negras curvadas sobre mim.

Quase não houve barulho. Eu não estava gritando. Isto não adiantaria nada. Estávamos todos respirando pesadamente e alguns deles suavam moderadamente. Eu mordi a mão de alguém e ele me deu um murro. Então eles me giraram e me jogaram na cama, mantendo minhas pernas escancaradas. Treville pegou uma corda de cânhamo, do tipo áspero, que machuca, e alguém deu cinco ou seis voltas ao redor do meu punho esquerdo, amarrando-o ao pé da cama. E então o outro e os dois tornozelos. Eu estava suando e molhado.

Ace veio e ficou na cabeceira da cama. Tirou sua camiseta devagar. Eu desviei meu rosto dele e olhei para a outra parede. Ele me agarrou pelos cabelos e fez com que eu voltasse a olhar para ele.

— Bem, você estava a fim, não é? Hoje à noite você vai ter o que queria.

Ele pegou um chapéu velho que estava na cadeira ao lado da cama e o colocou do lado do meu rosto, com a borda para cima. Então ele botou a mão no bolso e tirou de lá uma moeda. Segurou-a bem em frente do meu rosto. Eram vinte e cinco centavos. Então ele a jogou no chapéu.

— Um trocado — ele disse — Para um michê barato. Não queremos que pense que nós o estamos obrigando a alguma coisa. Afinal de contas, um cara tem de sobreviver.

Ele se virou para os outros.

— Vinte e cinco centavos a trepada, camaradinhas — ele disse. — Joguem no chapéu depois que gozarem.

Alguém riu. E então outro disse:

— Cara, eu acho que ele vale mais que isso.

— É — Ace disse. — Mas hoje à noite é promoção. Preços especiais para grandes quantidades.

Eu olhei para o lado em direção ao espelho e vi as formas sombrias ao redor da cama. Vi Ace se desvencilhar de suas calças. Uma mão negra pôs um pote de alguma coisa do lado da cama e dedos negros e pesados afundaram nele.

E então teve início a noite dos homens negros.

Já tarde, no dia seguinte, entrei no nosso pequeno buraco fedorento em La Salle Street. Sentia dor em todas as articulações. Havia um hematoma na minha bochecha e um arranhão sobre meu olho esquerdo.

O aquecedor estava silencioso. O apartamento parecia mais vazio do que deveria. Olhei em volta e então abri a porta do armário.

Todas as coisas de Ace haviam desaparecido – roupas, aparelho de barbear, sapatos – tudo. Nada meu havia sido tocado.

Sentei-me na cama e olhei pela janela. Era um dia cinzento de março, sem neve, mas escuro e nebuloso. Pus a mão na jaqueta e senti as moedas. Juntei todas com meus dedos, puxei-as para fora e olhei para elas. Havia nove moedas de vinte e cinco centavos. Dois dólares e vinte e cinco centavos. Fiz um montinho com elas e as coloquei no canto do armário. Então deitei-me de costas na cama e fiquei olhando para a longa rachadura ziguezagueante no teto, que formava uma diagonal de um canto a outro do quarto.

7
H²

Não podia haver nada pior que uma noite chuvosa em Milwaukee. Pensando melhor, nada poderia ser pior do que uma noite em Milwaukee, não importa o clima ou a estação do ano, a não ser duas noites.

Milwaukee era como um rapaz caipira tentando, sem sucesso, parecer adulto e sofisticado. Às onze da noite em ponto, suas ruas se esvaziavam como se tivessem disparado a descarga. Durante o dia as calçadas eram repletas de pequenas garotas risonhas de tornozelos grossos a caminho da escola e de donas de casa alemãs sovinas apertando suas bolsinhas de crochê. Os cidadãos de Milwaukee viviam num padrão tipicamente americano – faziam passar um monte de leis contra o que as pessoas acabam fazendo de qualquer maneira, e então erguiam os olhos devotadamente e fingiam estar simplesmente de passagem a caminho do paraíso. Eles aceitaram o conselho do velho Mallare – dobravam o papel higiênico em quadradinhos exatos e bordavam slogans nobres em suas toalhas.

Em sua hipocrisia, Milwaukee era pior que a maioria das cidades americanas. Era uma espécie de estado cristão, uma cidade estúpida repleta de estúpidos, que por sua vez eram de uma avidez e sovinice germânicas. Eles morriam de medo da vizinha Chicago, a oitenta milhas de distância, agindo como se ela pudesse roubar algo deles.

O que mais me irritava em Milwaukee eram os semáforos, dezoito segundos para ir do verde ao verde. Ouse atravessar o sinal, mesmo tarde da noite, com as ruas vazias, e um tira aparece do nada para lhe multar. Ou então fique parado ali, à noite, por dezoito segundos, quando o vento sopra forte e gelado e o termômetro marca vinte graus Farenheit negativos, e veja como você vai gostar!

Milwaukee – bah!

Eu estava cheio de pensamentos amargos como estes, quando me sentei num pequeno bar sujo atrás do Arena, um imenso e feio auditório da cidade. The Mint, como se chamava a taverna, era um dos seis ou sete bares gays e talvez o mais excitante. Havia gente fina e sussurros demais nos outros, onde se podia sentar quieto num canto olhando para os grupos de frutinhas e revidando sua hostilidade. Nestes lugares nunca havia realmente ação. Mas por aqui parecia que de vez em quando rolava alguma coisa.

Era um buraco pequeno e escuro pintado de verde e salpicado de cadeiras baratas cromadas, algumas mesas pequenas de fórmica, um jukebox enorme e brilhante, um odor generalizado de cerveja insípida, cheiro de cigarro e desodorante dos banheiros fedorentos no fundo. Era um bar misto – negros e brancos. Bem do meu lado sentou-se um grande e feio negro muito escuro. Alguns porto-riquenhos estavam no fundo do bar. A vida de "um homem de cor" deve ter sido bem dura em Milwaukee. Como era comum nas cidades do Norte, os brancos apenas fingiam tolerância.

– Como andam os programas por aqui? – perguntei para o grandão feio.

Ele se virou para mim com um olhar vazio.

– Não há mulheres por aqui – ele disse finalmente, sorrindo.

Seus dentes eram tortos. Gosto quando os dentes de um negro são brancos e uniformes. Acho que isto faz de mim um preconceituoso.

– Não, estou falando de garotos de programa – eu disse impaciente.

Ele gelou.

– Cara, nós não temos – está falando de prostituição? Ele parecia zangado e desconfiado.

– Não, não – eu disse. – Nada de violência nem de estupro. Só um bom e velho programinha.

Apesar de ele ser obviamente bicha, um tipo estúpido e sorridente, eu mantive a minha explicação de forma impessoal, como se todos nós fôssemos machos.

– Sabe como é, você pega um cara gay e deixa que ele se aproveite de você e então ele te passa alguns dólares.

A jukebox entrou em ação tão repentinamente bem atrás de mim que eu quase caí do banco. O negro riu e então disse:

– Não, cara, aqui o dinheiro só troca de mãos através da velha prostituição, alguém é surrado e pinta sujeira com os tiras – Ele balançou sua feia cabeça em sinal de desaprovação.

– Bem a cara de Milwaukee – eu disse amargo. – O máximo em sofisticação no oeste.

Bem nesta hora alguém entrou pela porta dos fundos. Se não havia michês em Milwaukee, o que aquele cara estava fazendo lá? Ele era um rapaz branco e vestia o uniforme dos michês, jaqueta de couro preta, calças cáqui apertadas e coturnos. Ele me avaliou ao mesmo tempo em que eu a ele e nós nos repudiamos, reconhecendo-nos imediatamente como adversários. Ele foi direto para cima do negro.

– Oi, Andy – ele disse.

O negro se virou no banco com o copo de cerveja na mão.

– Keith, querido – ele disse.

Eu fiquei olhando o jogo entre suas pernas. Keith deu um passo para trás quando Andy se virou e então avançou um pouco com uma perna de modo a se encaixar exatamente entre as pernas abertas de Andy, bem no ponto central. Keith deixou uma mão pousar casualmente na perna esquerda de Andy e a apertou um pouco, explorando com o polegar a ponta do pau de Andy.

Andy disse:

– Oh, querido – e revirou os olhos. – Keith, querido, sua pobre e velha mãe está esperando aqui por você há mais de uma hora.

– Eu fiquei preso – disse Keith.

Ele era bonito e forte, tinha um sorriso sexy e longas e escuras costeletas. Ele continuou apertando e massageando a coxa do negro e sorrindo.

– Preso. Tudo bem – disse Andy. – A propósito, só por garantia – e baixou seu copo –, vamos sair daqui agora mesmo, querido – ele disse.

– Não vai nem me pagar uma bebida? – disse Keith.

– Querido – disse Andy, inclinando-se de encontro a ele. – Tenho uma garrafa inteira em casa e um monte de coisas gostosas.

Você vai poder comer e beber o que quiser, vamos fazer uma verdadeira farra. Portanto vamos embora logo.

– OK – disse Keith.

Ambos foram embora através da porta preta.

Muito bem. Se isto não é prostituição, qual é o nome que eles dão a isso aqui em Milwaukee? *Gemütlichkeit*? Amor verdadeiro? Keith com certeza não estava se vendendo para o negro o tempo todo – mas, mesmo assim, eu aposto qualquer coisa como o que Keith sentia não era só prazer sexual em sair com um frutinha como Andy. Eu estava um pouco chateado sem saber por quê. Será que eu queria ter ido para a cama com Keith? Apenas por tesão e não por dinheiro? Um cara muito atraente, aquele. Eu realmente não sabia, mas ainda estava irritado.

Havia um cara sentado do meu lado, que eu nem tinha notado, quando dei uma olhada geral ao entrar no bar. Existe uma palavra em hebraico para definir caras como ele – *nebbish*, que significa chato – a última pessoa por quem você se interessa em ser apresentado numa festa, se é que o fará. Dez minutos depois você já o esqueceu. Um quadradão. Um H^2 – H de homossexual, cara.

Este cara pigarreou e disse:

– Bem... hum... isso foi rápido.

Então eu me obriguei a olhar diretamente para ele. Não muito... era careca, de óculos, um nariz pontudo angular, róseo na ponta. Uns 34 anos, eu diria. Ele tinha dedos longos, finos e manchados. Suas roupas pareciam caras. Bebia coca-cola. Impressão geral: um aspecto de coruja, antiquado e desinteressante.

Suspirei. Nunca entendi esta vida de bicha. Pegava algumas pessoas ainda bem jovens e outras bem mais tarde, na velhice.

– É, foi rápido – eu disse. – Muito rápido para Milwaukee.

Ele olhou para mim parecendo uma espécie de mamífero superdesenvolvido. – Você não é de Milwaukee? – ele disse.

Eu engoli um belo gole da bebida mais famosa de Milwaukee antes de responder. Não, cara – eu disse. Estou aqui trabalhando numa construção. – Não era verdade, mas isto não era da conta dele. A verdade é que eu havia me cansado de tentar levantar uma grana em Chicago.

– Parece que você não está muito encantado com a Nossa Cidade – ele disse, pronunciando cuidadosamente as maiúsculas.

– Odeio cerveja – eu disse –, apesar de estar bebendo. Odeio beisebol. Odeio salsicha e todos os molhos que a acompanham. Tem mais alguma coisa a me oferecer aqui em Milwaukee?

Ele sorriu polidamente, mas pude perceber que seu Orgulho Cívico tinha sido um pouco ofendido. Além do que, ele havia perdido uma maravilhosa oportunidade de ser coquete e dizer que poderia oferecer a si mesmo...

– Bem – ele disse –, temos lugares como este. Como chegou aqui?

– Me falaram sobre este lugar. Um cara que eu conheci no andar de cima do Antlers Hotel.

Esta era a senha em Milwaukee. Eles só colocavam bichas na cobertura do Antlers.

O cara se iluminou, portanto eu continuei. Na verdade eu o encontrei no nono andar. Ele veio do andar de cima para o meu quarto. Olhava para a minha janela do pátio em frente.

– Pois é... – ele disse, definhando.

Voltei à minha cerveja e não falei mais nada. Depois de um minuto ou dois ele pigarreou de novo. Acho que ele era um caso grave de rinite. Então ele disse:

– Quer ir comigo até o meu apartamento?

Isto me chocou um pouco até eu me dar conta de que uma bicha de Milwaukee não saberia como entrar no assunto de outra maneira – nada daquele papo dissimulado de duplo sentido que se ouve nas grandes cidades, um fuçando o outro verbalmente para saber se pertencem à mesma raça. Em Milwaukee era preciso soltar o verbo. Bem, acho que isto nos poupou tempo.

Olhei para ele.

– Minha cabeça está a prêmio, cara – eu disse sorrindo.

Ele ficou pálido e sua boca se abriu um pouco.

– Que-quer dizer – ele gaguejou – que há uma recompensa por você? Você é um criminoso?

Eu coloquei o meu copo sobre o balcão para me conter. Virei no banco de modo a ficar cara a cara com ele. Abri bem as pernas e pus a mão em concha sobre o meu pau saliente e o acariciei com meu polegar.

– É só uma maneira de dizer, cara – eu disse. – Quero dizer que esta cabeça aqui está a prêmio e vai te custar algum dinheiro tê-la à sua disposição por algumas horas.

Ele retrocedeu um pouco.

– Você quer dizer que quer dinheiro para fazer amor? – ele disse. – Mas isto faz de você um...

– Não diga isso, maninho – eu disse irritado.

E o silêncio se abateu sobre nós.

Dei uma olhada no lugar sujo. Não parecia haver uma alma viva ali dentro. Ou estavam aos pares, falando alto, ou eram tão pouco atraentes e baleados que não valia a pena prestar atenção neles. Havia três negros numa mesa e um deles estava de olho em mim, mas eu ainda tinha lembranças muito recentes de Ace para ousar flertar com ele. Era um pequeno bar realmente patético, com placas grosseiras escritas à mão anunciando os preços de ovos cozidos, lingüiças e sanduíches de queijo.

De repente o Sr. Repulsivo voltou a falar, bem baixinho.

– Dez dólares seriam suficientes?

Eu ergui o copo de cerveja e o recoloquei no balcão – Vamos lá cara – eu disse, virando-me para ele. – Você tem carro?

– Não, eu não tenho permissão para.... – e se corrigiu – Não, eu não tenho.

– Meu Deus, você precisa ter um carro – eu disse.

– Ah, nós vamos chegar direitinho – ele disse.

Eu alcancei sua coxa e a apertei, meu gesto de velhos camaradas. Sua perna era surpreendentemente rígida, apesar de eu ter notado sua rápida contração voluntária quando ele a tensionou para causar boa impressão.

– Vamos mandar ver, cara – eu sorri para ele e então me perguntei se esta frase me comprometia demais ou se ele alguma vez já a tinha ouvido em Milwaukee.

Não foi lá grande coisa. Matthias – é, Matthias Brown – entrou numas de grandes carícias aveludadas e o velho papo de pele de cetim, e que corpo lindo, você é um halterofilista, eu amo o cheiro masculino que você tem, e por aí vai. Ele gemeu quando agarrei seus ouvidos e comecei a provocar eu mesmo um pouco de ação. Deixei de lado aquela rotina e só arfei e comecei a brincar com os pêlos finos do seu peito enquanto ele "ficava mais à vontade", como dizem os antigos.

Depois disso fumei um cigarro – não, ele também não fumava. Estávamos os dois deitados lá no escuro e finalmente eu disse:

– Tem alguma coisa para beber?

Ele era todo cooperação, um bom anfitrião, ávido por agradar.

– S-sim – ele disse. – O que você quer? Eu tenho café, suco de laranja. Eu podia te fazer um milkshake. Ou um chá?

Estava escuro no quarto, ele não podia ver a minha expressão. Tudo o que eu disse foi:

– Alguma coisa mais forte?

Ele pensou por um momento.

– Acho que tem meia garrafa de bourbon na estante de cima da cozinha.

– Meia garrafa de bourbon seria ótimo – eu disse, lançando minhas pernas para fora da cama.

– Vou pegar – ele disse.

Em meio às sombras eu o vi se enfiar num roupão.

– Vou com você – eu disse.

Ele me esticou outra coisa para vestir.

– Para que é isto? – perguntei. – Não tenho nada a esconder, gosto de andar por aí pelado. Sou exibicionista, entre outras coisas.

Ele tinha um apartamento legal e era gostoso sentir os tapetes sob os pés. Fomos em direção à cozinha, mas eu não consegui avançar para além da estante. – Apenas jogue um pouco de uísque sobre algumas pedras de gelo – eu gritei atrás dele. Tive medo de dizer "on the rocks", talvez ele tivesse algumas pedras em casa.

Sempre disse que cinco minutos na biblioteca de uma pessoa podem dizer mais sobre ela do que toda uma minuciosa exploração de suas esquisitices num divã de psicanalista – contanto que você conheça os livros.

Havia duas estantes repletas dos costumeiros romances gays, do tipo sentimental, como era de esperar, mas que também revelavam que ele levava uma vida de fantasias. Macacos velhos como eu normalmente saem por aí em busca de agitação; caras como Matthias Brown gostam de ficar em casa, lendo e imaginando outras pessoas transando.

Havia também umas três estantes com livros de geologia, além de catálogos da universidade. Ah, então ele era professor, provavelmente de nível universitário, e sem dúvida tinha algumas amostras geológicas em algum lugar. Fiquei feliz em não ter dito "bourbon on the rocks".

Havia quatro exemplares de uma revista chamada *Adolescente Nudista* e na parede uma pintura a óleo de um jovem sentado com a bunda voltada para o observador, completamente nu, exceto por uma camiseta. Em uma das estantes, num espaço vazio, estava uma belíssima e pequena cabeça em bronze de um rapaz de uns doze ou treze anos, com o pé de uma galinha enfiado em seu cabelo de metal.

O que mais me chamou a atenção foram as duas estantes repletas de livros sobre a vida nas prisões. Abri um chamado Instituições Penais do Sul. Alguém havia sublinhado vários depoimentos relativos à prisão de Raiford, na Flórida, quase rasgando o papel com a ponta da caneta. As frases estavam em um parágrafo que elogiava a administração de Raiford. E nas margens havia comentários do tipo: "Mentira deslavada", "Não é verdade", "Preconceituosos e sádicos".

Só então ele voltou. Me passou uma bebida – num copo alto de chá gelado – e eu tomei um gole. Não era um bourbon dos melhores, mas eu o elogiei. Então apontei para as estantes com o copo na mão.

– Bem, já aprendi um bocado a seu respeito – eu disse, e então dei um grande tiro no escuro. – O que você faria se descobrissem na universidade que você passou um tempo em Raiford por transar com garotinhos?

Eu esperei alguma reação, mas não tão violenta quanto a que se seguiu. Ele estava com um copo de alguma coisa – Ginger Ale, eu acho – na mão, que escorregou e caiu no tapete. Ele o seguiu desmaiando.

Cara, que coisa!

Eu pus meu copo no chão, peguei-o pelos tornozelos e o coloquei sobre uma cadeira. Ajustei-a contra a parede, agarrei os seus dedos dos pés e o puxei pelo vão da cadeira, amparando-o até deitá-lo com a cabeça no chão, de modo que seu corpo formasse um ângulo de 45 graus de inclinação. Então corri para a torneira do banheiro e peguei um copo de água. Voltei e o atirei em seu rosto. O tapete não podia ficar mais molhado do que já estava.

Ele cuspiu e se engasgou. Voltou sua cabeça, com os olhos cintilantes. E gritou angustiado:

As aventuras de um garoto de programa

– Como foi que eu fiquei tão molhado? – ele conseguiu dizer.

– Água – eu disse. – Você desmaiou.

Ele se remexeu na cadeira inclinada, que caiu no chão com um estrondo. Ele se lamentou mais uma vez e segurou a cabeça.

Eu dei alguns passos para trás em direção à mesa e cruzei os braços.

– Quer me falar sobre isso? – perguntei. – Talvez você esteja precisando desabafar.

Eu estava com pena do quadradão idiota, mas a minha simpatia estava maculada por uma verdadeira raiva e nojo. A idéia de se meter com garotinhos tão novos – bem, novos até que ponto? eu não sabia ao certo – era provavelmente a única coisa no mundo que eu não aprovava. Isto me mostrava como ele era pouco homem – com medo de fazer sexo com alguém de sua própria idade, a não ser com alguém como eu, que ele pudesse controlar através do dinheiro, querendo estar com algum jovenzinho apenas para se sentir seguro, dono da situação, dominador...

Considerada com objetividade, a cama é um campo de batalha solitário de ataque e ofensiva, assalto e penetração. Dos dois combatentes, um é o vitorioso e o outro, o subjugado. E uma vez envolvido neste campo de batalha, preso a um combate mortal até que o milagre do orgasmo o separe do oponente, você está absolutamente sozinho. Nem o dinheiro, nem o cérebro, nem a boa aparência o ajudarão. Seu sucesso como amante depende do trabalho de músculos secretos, do sussurrante vai e vem secreto do sangue, dos silenciosos reflexos e cliques inaudíveis do abrir e fechar das sinapses – todos os mecanismos desinibidos e desimpedidos pelo pensamento, racionalização e análise – para por fim produzir a gota d'água derradeira que libera as artérias, desacelera o coração triturador, fecha os poros, aprisiona a transpiração e tranqüiliza o arfante movimento dos pulmões.

Para uma pessoa como Matthias Brown, o campo de batalha da cama era certamente o lugar mais aterrorizante de todos, a menos que ele pudesse garantir a sua vitória arranjando um oponente menor, mais jovem, mais terno.

Matthias ficou sem ar mais uma vez.

– Como você descobriu? – ele disse.

Eu estendi uma mão, puxei-o na direção de seus pés e o levei para a sala. Coloquei-o no divã e então, ainda nu como um presidiário, me sentei numa cadeira à sua frente e disse como havia descoberto.

Ele colocou a cabeça entre as mãos, olhando para o chão. Quando terminei, ele me olhou de lado, sem me encarar. Sua expressão era tão torturada que eu fiquei embaraçado, como se o mestre cervejeiro me tivesse pego otimizando o conteúdo de um barril de cerveja de Milwaukee com meus próprios fluidos.

– O que você vai fazer agora? – ele disse.

Eu mal podia ouvi-lo. A pergunta me atordoou.

– O que você quer dizer com o que eu vou fazer agora?

Ele balançou a cabeça com grande cansaço.

– Acho que você vai me chantagear – ele disse. – Já tentaram fazer isto antes.

– Aqui? – eu perguntei.

– Não – ele disse. – Na Flórida. Na época eu era um adolescente. Eu não ia – eu não podia pagar, ele contou à polícia.

– Ouvi dizer que a coisa em Raiford é bastante dura – eu disse simpaticamente. – Não se preocupe. Eu não vou contar para os tiras. Nem para os jornais. E eu não quero mais dinheiro do que aquele que nós combinamos.

Ele me olhou agradecido, um sorriso pairava no seu rosto nada atraente.

– Mas eu vou lhe contar uma coisa sobre você que talvez ainda não saiba – eu disse. – Você quer ser chantageado. Você quer ser obrigado a fazer as coisas. Você precisa ter sentimento de culpa. Você arma tudo para se destruir e um dia desses vai conseguir, se não começar a se compreender e a se controlar.

Ele olhou para baixo.

– Acho que não tenho consciência destes sentimentos – ele disse.

– Acho que você tem, sim – eu disse. – Acho até que algum dia, talvez quando estivesse bêbado ou deprimido – eu disse, de modo pouco convincente, lembrando-me de que ele não bebia –, você tenha chamado os jornais ou seu reitor e lhes tenha dado dicas anônimas a seu respeito.

– Não o meu reitor – ele disse. – Ele também é gay. Foi por intermédio dele que consegui voltar a lecionar.

– Então há uma outra fonte de chantagem – eu disse.

– Não da parte dele, tenho certeza.

Não estávamos chegando a lugar nenhum.

– Conte-me sobre Raiford – eu disse. – Foi muito ruim?

Ele fez que sim com a cabeça.

– É difícil falar sobre isso ainda hoje. É claro que a minha fama se alastrou. Eles sabiam por que eu estava lá. Na primeira noite houve um verdadeiro enxame de prisioneiros montando na minha cama; eu dormia no beliche de cima, todos queriam ser servidos. Foi um inferno. Eu estava num dormitório com outros quarenta rapazes, camas encostadas em todas as paredes. Quando tudo acabou, 41 prisioneiros haviam estado na minha cama. Um deles três vezes. Eu estava assustado.

Ele levou a cabeça mais uma vez de encontro às mãos.

– Bem, isto é que é uma suruba – eu disse. – Como você se virou depois disso?

Ele levantou a cabeça, mas ainda não encontrava os meus olhos.

– Não muito mal, eu tinha um protetor. Ele me tomou como sua noiva, como eles diziam. Ele não era feio, mais de um metro e oitenta, bem fortão por trabalhar na equipe da estrada e tão bronzeado no tronco que parecia um negro – um negro loiro. Ele não era mau. Mas suas mãos eram tão ásperas – calejadas pelo trabalho. Quando ele tentava me acariciar, muito rudemente, era possível sentir aquela pele áspera. – Ele tremeu.

Eu ergui meus olhos em direção ao teto e fiz um gesto falso de desespero, mas ele não viu nada disso, parecia que estava projetando seu passado numa tela. Ele deve ter sido tão feliz! Eu conhecia pelo menos uns cem gays que seriam capazes de dar tudo para ter um tal espécime que os protegesse e que passasse as noites trancado com eles! Pelo menos a idéia era romântica, apesar de eu saber muito bem que na realidade pode ter sido um verdadeiro inferno.

– Mas ele era tão sexy – disse Matthias, e sua voz adquiriu aquele velho tom de protesto. – Imagine, toda noite! Às vezes mais de uma. Eu estava exausto. Ele era psicótico, ou estava prestes a se tornar um. Ficou tão ciumento que não me deixava sequer conversar com as outras pessoas. Começou a me bater com aquelas mãos rudes; ele me surrava quando eu não fazia o que ele queria.

Mais e mais! Bem, o que fazer? Não havia dúvida sobre qual era o papel de Matthias na brincadeira toda, e, pelo que ele dizia, parecia não gostar disso. Para falar a verdade, isto o tornava mais interessante aos meus olhos, pensar que ele não gostava de receber ordens.

Durante todo este tempo, como já disse, eu estava sentado, completamente nu. E o seu relato dos últimos minutos havia me excitado visivelmente. Ele estava sentado do outro lado do quarto no sofá, e eu numa poltrona. Estiquei minha perna esquerda em frente a ele, descansando o tornozelo no tapete, e esfreguei o meu pé para frente, para trás e para o lado, formando um arco apoiando o pé sobre o calcanhar.

– Está vendo este pé? – eu disse. – Está preto na sola?

– Um pouco – disse Matthias.

– OK – eu disse. – Agora ouça. Eu não vou surrar você como o seu companheiro de cela. Vamos usar um tipo diferente de pressão, e você sabe que eu posso. Você vai tirar o seu roupão, deitar no chão e rastejar até aqui para lamber a sola do meu pé até ela ficar limpa a ponto de passar por uma inspeção. Agora – ao trabalho!

Eu proferi as palavras como um sargento da marinha, o que, até o momento, eu era. Eu estava sentindo um enorme prazer em ver o quadradão voltar à vida. Ele umedeceu os lábios, hesitou por um momento e então lentamente começou a tirar o seu robe.

– Vamos logo com isso, cara! – eu o amedrontei.

Ele parecia ridículo e triste quando, sem a menor graça, esfregou sua bunda exagerada pelo chão em direção ao meu pé.

Bem, Matthias tornou-se um de meus clientes regulares, sempre que eu ia para Milwaukee, o que não acontecia muito freqüentemente, considerando o quanto eu odiava aquela maldita cidade. Ele não mudou muito, mesmo sob a minha tutela. Ainda era quadradão. Eu dei uma olhada em parte de sua coleção de slides coloridos – até ficar mal. Eram todos de jovens de doze a dezesseis anos. Conversei muito com ele sobre isso e tentei fazer com que fosse se consultar com um psiquiatra para superar aquela tara por garotinhos. Tentei envergonhá-lo. Tentei fazê-lo enxergar o perigo a que ele estava se expondo – lecionando para jovens, depois de ter estado na cadeia por tê-los molestado sexualmente: Deus, que bagunça! Mas ele continuou correndo atrás de crianças e de adolescentes, não

As aventuras de um garoto de programa

tanto em Milwaukee, mas no interior, em fins de semana, indo de ônibus para as cidades pequenas, pegando as crianças das fazendas.

Sei que todos nós temos nossas anomalias, acho que é assim que os psiquiatras dizem – uma falta de senso moral, mas eu nunca tinha visto tamanha cegueira ética e moral como naquele estúpido, idiota H^2 de Milwaukee. Ao seu lado até eu era ético e moral. Afinal era tão difícil acusar um prostituto quanto uma prostituta. Mas toda vez que me encontrava com ele eu ficava nervoso. Esperava que a qualquer momento alguém batesse à porta e numa voz grave e profunda dissesse: "Abra, é a polícia!" Ir para a cama com ele me deixou tão ansioso quanto dormir com uma bomba-relógio fazendo tiquetaque. Acabou sendo demais para mim. Começou a interferir no meu prazer e na minha alegria, por isso me afastei dele completamente.

E então a bomba finalmente explodiu. Eu estava em Chicago quando aconteceu – as manchetes eram escritas em letras negras e garrafais: *Professor de Wisconsin preso* e *Ex-presidiário descoberto na universidade*; e num tablóide: *Descoberto professor pervertido em Beertown.* As estórias eram escandalosas e sensacionalistas.

De uma certa maneira, ele tinha armado a própria arapuca. Pobre quadradão estúpido, tinha-se candidatado para uma carteira de motorista – achando, evidentemente, que já havia passado tempo demais sem carro. Ele sabia muito bem, tinha inclusive comentado comigo, que em Wisconsin havia uma lei impedindo condenados por crimes sexuais de possuir carros. Mas ele seguiu em frente e se candidatou a uma carteira, tendo sido checado por meio dos canais usuais. Foi descoberto, por intermédio de sua declaração de imposto de renda, que ele tinha sido empregado na universidade; então algum rapaz esperto também checou com o pessoal da liberdade condicional e com os oficiais criminais – e lá estava ele, pego. Terá sido apenas estupidez ou o ápice de seu sentimento de autodestruição?

Bem, este foi o início de uma nova caça às bruxas. Afinal, Wisconsin havia produzido o senador McCarthy, e o molde já estava lá, assim como a substância geral para preenchê-lo, o orgânico bom cidadão protoplasma que Wisconsin gerava com facilidade e em quantidade quase tão vasta quanto sua manteiga e queijo. Todos os professores de Wisconsin tiveram de tirar suas impressões digitais – e houve um êxodo para Illinois, como o vôo através do Canal da

Mancha, quando Wilde foi preso em Londres. Vários outros ex-condenados em vários graus de culpa foram checados. A North Central Association invalidou a sanção de meia dúzia de faculdades e universidades pelo fato de tantos dos PhD terem ido embora.

Eu acompanhei tudo com muito interesse. De uma certa maneira, era fascinante saber que eu estava envolvido nisso desde o começo, quando a história estava sendo feita. Na verdade, eu gosto de pensar que tudo começou numa tarde chuvosa, num pequeno bar vagabundo chamado The Mint, escondido como um motel atrás da Grande Arena, quando um michê de fora da cidade virou-se para um nativo H^2 de Milwaukee, que tinha acabado de lhe oferecer dez paus por um pouco de sexo, e disse:

– Você tem um carro? Não? Como é que você se vira sem um?

8

Acordo em preto e branco

As chances de um cara comum como eu conhecer um presidente de banco no curso normal das coisas são reconhecidamente bem remotas. Há muitas variáveis, são peças demais para encaixar nos lugares certos. É claro que minhas chances aumentam pelo fato de que a vida que eu levo me faz circular em todos os meios sociais. A probabilidade de um presidente de banco ser bicha é a mesma de um decorador — bem, talvez não tão grande quanto a de cabeleireiros e transformistas serem gays.

Mas às vezes você se pergunta se há algum padrão para o que parece ser uma oportunidade.

Por exemplo. Se o meu pai não tivesse me passado uma cadeia de cromossomos que me tornou uma pessoa de um metro e oitenta de altura com cabelos negros e uma estrutura bastante masculina, eu não teria interessado a Benjamin Thomas. Se eu não tivesse ido ao Hatrack Bar — e eu quase não ia —, ele não teria me visto. E se não tivesse sido um amigo em comum — o velho e bom Mike — a lhe dar o número do meu telefone, ele nunca teria me ligado. E se ele tivesse ligado dois minutos mais tarde, eu já teria saído.

— Como vou entrar? — perguntei a ele ao telefone. — Não se pode simplesmente aparecer na porta da frente deste endereço de Levis, botas e jaqueta de couro.

Ele riu. Sua inflexão não tinha um tom afeminado; era um belo barítono, masculino e autoritário.

— Entre pela garagem — ele disse. — Há um elevador de serviço que vai direto ao meu andar. Dezoito.

– Qual é o apartamento? – eu perguntei.

Ele pareceu se divertir.

– O andar inteiro – ele disse.

Há algo a respeito de elegância que me deixa um pouco estupefato no início, até eu chegar à conclusão de que na luta pela ascendência um bom corpo pode ter o mesmo ou mais valor que os móveis caros e suntuosos de um apartamento de quarenta mil dólares. Tudo, desde a boa biblioteca, com sua porta acolchoada cor-de-canela, ao tapete extenso como grama africana, sussurrava "dinheiro", numa voz bem-modulada e controlada. Havia um grande Picasso do Período Rosa numa parede e um Modigliani em outra. Uma escultura de Epstein encontrava-se no outro lado do recinto em frente de uma janela, que ia do teto ao chão, em frente do lago escuro. Eu fiz um comentário a respeito.

Ele me olhou de forma estranha.

– Perdoe-me por usar a palavra – ele disse –, mas é pouco comum para um... garoto de programa reconhecer um Picasso, que dizer então de um Modigliani ou Epstein.

Eu dei de ombros.

– Sou um garoto de programas diferente – eu disse e sorri.

– Acho que é mesmo – ele disse.

Além do cabelo branco, cortado tipo escovinha, não havia nada a respeito de Benjamin Thomas que indicasse a sua idade. Nunca consegui compreender o que os fazia parecer sempre tão jovens. Que misteriosa fonte de cristal eles haviam descoberto em Everglades? Que pinturas estavam envelhecendo em seus sótãos ou a que demônios eles haviam vendido suas almas para receber esta dádiva de permanecer eternamente jovens? Ou será que havia uma clínica em Zurique para onde eles faziam uma *tour* anual?

Benjamin Thomas devia estar perto dos sessenta. Ele parecia ter trinta e cinco. Seu rosto era firme e bronzeado, uma vez que ele havia acabado de chegar, como depois eu soube, de férias no Caribe. Ele era robusto e ereto, largo nos ombros e estreito no peito, com pernas fortes. Fiquei pensando se eu teria uma aparência tão boa quando tivesse o dobro de minha idade.

Ele não parecia ter pressa para tratar de negócios. Nem eu. Por cinqüenta paus eu estava mais do que a fim de passar a noite toda lá. Fomos até a biblioteca e tomamos alguns drinques em copos caros escandinavos.

— Com fome? – ele me perguntou.

— Um pouco – eu disse.

Ele apertou um botão camuflado.

— Vamos ter alguns bifes mais tarde – ele disse –, mas talvez Albert possa nos trazer alguns sanduíches.

Um jovem negro, de seus 26 anos, entrou no recinto. Ele estava impecavelmente vestido com um uniforme, tinha uma ótima aparência. Ele não tinha as dimensões de Ace Hardesty, nem os malditos traços puros de um negro, mas o seu rosto brilhava com um esplendor escuro. A luz captou as formas de seu rosto, brilhou por um momento e foi embora junto com ele.

— Sim, Mr. Thomas – ele disse.

— Pode nos trazer dois sanduíches, Al? – ele perguntou. – Phil está com fome.

O olhar escuro se voltou para mim, em aprovação ou desaprovação, e a nebulosa cortina de suas pálpebras caiu sobre o branco de seus olhos e voltou a se erguer lentamente.

— Acho que sim – ele disse.

— Bom – disse Mr. Thomas. – Leve-os para a sala de jantar, sim? E então pode tirar a tarde de folga. Pode voltar à meia-noite?

— Sim, senhor. Obrigado – disse o jovem, e se foi.

Eu fiquei olhando.

— Muito bonito – eu disse.

— E extremamente leal – disse Benjamin Thomas. – Uma imagem de Deus esculpida em ébano, como alguém já escreveu.

— Bishop Jeremy Taylor – murmurei.

Isto realmente o surpreendeu.

— Nossa! – ele disse. – Acho que eu poderia aprender algumas coisas com você.

Era a paquera educada de um homem mais velho, só isso.

— Não tanto quanto eu poderia aprender com você – eu disse.

Era a paquera educada de um michê a um cliente mais velho e mais rico. Eu omiti o "sir", o que poderia ter sido fatal... talvez.

Mas eu estava certo. Ele falou por algumas horas e tomou alguns drinques – e ele era fascinante. Sua vida era tão repleta quanto sua mente – e sua conversa, de longo alcance, às vezes precisa e acadêmica, em outras brutal, pouco refinada e obscena como a de um caminhoneiro; ele falava com familiaridade e facilidade a respeito de uma dúzia de mundos: arte, música, literatura, finanças, medicina, música popular e esportes. Ele sabia falar sobre qualquer coisa em qualquer língua. Seu background era vasto, suas associações, profundas e variadas.

E quando finalmente chegamos ao assunto propriamente dito, foi numa cama enorme, escura e luxuosa, num quarto opulento, imerso na penumbra, com gravuras japonesas em preto e dourado nas paredes. Seu corpo era masculino e firme como o de um jovem, seu toque num momento era tão suave quanto o de uma mulher e, no outro, tão cruel quanto o de um massagista sádico. Todas as luzes estavam apagadas, todas. Eu teria preferido alguma luz num canto, como os franceses; eu gosto de ver o que está acontecendo. Não sei se foi a bebida ou a euforia geral induzida pelas circunstâncias, ou as circunstâncias e a conversa, ou uma combinação de tudo isso – mas o meu próprio envolvimento me surpreendeu. Eu não deitei simplesmente com as mãos cruzadas na nuca "bancando o tronco", como se diz na Europa. Talvez ele estivesse fazendo isto. Talvez ele tenha me despertado para a vida. Eu vivo numa crônica incerteza a respeito de minha sexualidade, mas, à medida que a noite foi passando, comecei a pensar que talvez eu realmente fosse homossexual. Eu simplesmente estava gostando daquilo.

Nós dois atingimos o orgasmo praticamente ao mesmo tempo, e eu gostei, e então a viagem tinha acabado e estávamos de volta à cama. Eu me espreguicei e bocejei. O toque do lençol de cetim nos pêlos de minha perna era bom, e a minha bunda se movia prazerosamente sobre o suave tecido esticado sob o meu corpo. Enquanto eu estava lá deitado, passando o meu calor para os lençóis, fui gradualmente me dando conta de um odor sutil, um pouco pungente, sexual, com um suave toque de suor, pairando no ar. Era um cheiro que eu sentira muitas vezes, mas, com os meus sentidos amortecidos pelos prazeres por que tinha acabado de passar, não consegui identificá-lo imediatamente.

O rádio FM estava ligado bem baixinho. Eu reconheci a antiga canção, cantada por um coro masculino.

Ele também a reconheceu e a estava cantarolando quase inaudivelmente com o braço sobre os olhos.

– De 1920, não é, Ben? – perguntei.

Ele demorou para responder. Então tirou o braço de cima do seu rosto e virou a cabeça no travesseiro para olhar para mim.

– Sim – ele disse. – Ficou famosa com Rudy Vallee.

– Deve ter sido uma época maravilhosa – eu disse.

Ele se virou de lado para me encarar.

– Sim, foi – ele disse. – Seus jovens... vadios – e sua mão desenhou uma carícia em minha orelha, de modo que o insulto contido nas palavras se fundiu numa espécie de brincadeira benevolente –, não sabem realmente como foi a enorme emoção daquela época de descobertas. O início do rádio, por exemplo. Nós ficávamos acordados até tarde da noite, curvados sobre nossos aparelhos captando fragmentos de músicas do ar negro por sobre a estática das estrelas.

Eu dei um meio-sorriso na escuridão. Este era Ben, poético até não mais poder.

– Ou o nascimento do jazz – ele prosseguiu –, ou o dia em que o velho Freud nos pegou pelo pescoço e nos tirou a luz do dia, ou nos lançou nela, eu acho. Radinhos e o Charleston e Ziegfeld Follies – quando se tinha ao alcance todo o romance, todo o brilho e ostentação, simplesmente deixando o escritório e dirigindo-se ao buraco enfumaçado dos Joe's Place, onde se podia esquecer dos problemas gastando um dólar num copo de gim caseiro e conseguir uma bela prostituta por cinco dólares.

Eu lamentei.

– Tudo já foi feito – eu disse.

Ele meneou a cabeça.

– Sim, não resta mais muita coisa.

De repente ele se ergueu sobre um cotovelo e olhou para mim.

– Você tem algum preconceito racial? – ele disse.

Pensei em Ace e nas outras centenas de negros que passaram por mim.

– Não, cara – eu disse. Fui para a cama com quase tantos negros, homens e mulheres, quanto brancos. Nem um pouco.

– Bom – ele disse. – Uma vez conheci um negro chamado Lem e de repente me deu vontade de falar sobre ele.

– Vá em frente – eu sorri. – Talvez eu seja apenas mais um michê que está escrevendo um livro.

Ele sorriu.

– Espero que você assuma o que é quando o fizer – ele disse.

– É o que eu pretendo – eu disse. – Sou homossexual. Ou talvez, como diz o bom doutor de Bloomington: o homem é um animal sexual.

Ele sorriu para mim e começou.

Primavera no campus (ele disse) e no ar, jovens amantes sentados às margens do Mirror Lake na hora do crepúsculo. A vida era excitante e plena de maravilhas e promessas! Foi nesta primavera que Hemingway e Anderson nos presentearam com seus novos romances e em maio tivemos um herói popular que sobrevoou sozinho o Atlântico. Freqüentávamos as aulas com tanta excitação quanto o público quando as cortinas se abrem na noite de uma estréia. Todos nos apaixonamos por Greta Garbo, cantarolamos Irving Berlin e nos anestesiávamos durante um drama de sete horas de O'Neil. Sentávamos no chão nas festas, tentando entender o que Stravinsky quis dizer sobre os funerais da primavera e errávamos nosso caminho com choque e fascinação no único dia de Joyce em Dublin.

Eu estava tendo aulas de literatura elisabethana com um sábio e cínico professor; tinha vinte anos e estava cheio de sonhos. Por capricho da ordem alfabética, eu me sentei ao lado de um rapaz chamado Lemuel Thorne. Era uma universidade estadual, lembre-se, no Norte, e, mesmo em 1927, não era muito comum que Lemuel Thorne fosse um negro – o maior e mais preto negro que você possa imaginar. E um dos mais bonitos.

Meus pais nunca me passaram nenhum preconceito com relação aos negros, felizmente – e esta é a única forma de você adqui-ri-lo. Eu já estava completamente ciente da minha escolha e sabia que gostava de homens; quanto mais fortes, melhor. Eu era quase tão magro e alto como agora e Lemuel, com seus ombros largos e pernas longas, dava mais ou menos dois de mim.

Acho que meus companheiros de classe o achavam um pouco interessante. Ele me dava um certo medo com sua negritude, seu aspecto selvagem. Havia algo de animalesco que irradiava dele como ondas de calor – era quase possível senti-las. Ou talvez a força que emanava dele fosse puro sexo – uma força como eletricidade, sem nenhum gênero. Muitas vezes rapazes de outras classes me perguntavam:

– Como é o Thorne?

– Como qualquer outro rapaz – eu dizia.

– Não acha estranho sentar ao lado dele?

– Não mais do que me sinto falando com você.

Isto costumava dar um basta no papo dos abelhudos.

Um dia, na classe, deixei cair o meu livro no braço da carteira. Ele bateu no joelho de Lem e quicou no chão, espalhando todas as minhas notas e papéis aos nossos pés. Lem se curvou para me ajudar a catar as coisas. Numa das folhas havia uma pequena charge que eu havia feito sobre um homem impossivelmente bonito montado sobre outro igualmente belo. Lem olhou para aquilo e sorriu abertamente. Ele parecia ter o dobro de dentes naquele momento e eu o odiei.

Com o rosto em brasa, agarrei o desenho.

– Dê-me isso! – sussurrei com violência.

O professor, aborrecido, olhou em nossa direção.

Lem me estendeu o papel ainda sorrindo. Depois da aula ele me segurou no corredor.

– Eu também – ele disse simplesmente.

Eu poderia ter fingido não entender, mas nenhum de nós era envergonhado naquela época. Todos tínhamos a sensação de que o tempo estava nos carregando rápido demais. E todos nós gostávamos de experimentar. Achávamos o enfoque direto ousado. Alguma surpresa no fato de os beatniks de hoje não nos interessarem? Nós já éramos marginais muito antes de eles sequer pensarem nisto.

– O que vai fazer hoje à noite? – ele disse.

Eu olhei para o escuro camafeu de seu rosto, o pescoço negro e forte, as mãos negras enormes e minha garganta ficou seca.

– N-nada – eu disse.

Ele escreveu qualquer coisa num pedaço de papel.

– Meu endereço e número de telefone – ele disse e me estendeu o papel. – Pode estar lá por volta das oito?

– C-claro – eu disse.

Bem, foi assim que tudo começou. Na primeira noite ele me embebedou com gim e sorvete de baunilha – estilo Lei Seca. Bastante bom, mas muito forte. E por um ano e meio depois disto nós nos encontramos duas ou três vezes por semana.

Alguma coisa aconteceu comigo depois do primeiro mês. O muro gelado de meu comportamento puritano se desfez. Não era simplesmente uma escravidão sexual em que eu me havia flagrado – era um servidão mental e emocional completa. Eu estava acorrentado ao seu corpo magnífico por elos de desejo e adoração. Eu amava aquele homem negro. Passo a passo, utilizando algumas mágicas antigas que nós brancos nunca poderíamos aprender, ele foi me manobrando, com uma sensualidade que eu nunca havia conhecido. Nem antes nem depois dele. Na sala, o simples toque de sua mão no meu cotovelo me fazia suar, uma pressão de seu joelho me fazia tremer tão violentamente que eu não conseguia mais fazer anotações. Eu estava completamente sob seu comando. Reagi à separação da mesma maneira como o homem dividido de Platão se pôs a procurar sua outra metade.

Não chegamos a morar juntos – nem a cidade nem a época eram tão avançadas. Mas gradualmente nossa relação foi notada, mesmo numa escola tão grande. Minha fraternidade não me reconheceu mais como membro. Um rapaz do grupo ao qual eu pertencia me ofendeu, chamando-me de "amante de negros" num recinto cheio de gente. Eu o esmurrei e fui embora. Um professor de inglês, a exemplo do que ocorria na Geórgia, sua cidade natal, onde os negros eram odiados, me deu uma nota abaixo da média – e isto quase me deixou fora de uma sociedade honrada – mas no último momento um benfeitor simpatizante da minha causa fez com que o comitê fosse mais compreensivo.

Bem, tudo mudou. É típico dos jovens pensar que qualquer situação vai durar para sempre do modo como é num determinado momento. Quando envelhecemos, vemos que nada é para sempre.

Nós nos formamos ao mesmo tempo. E Lem voltou para casa. Recebi o convite de casamento um ano depois. E dez anos depois disso eu li numa revista sobre ex-alunos que ele tinha sido morto nos primeiros meses da guerra.

Em nossa segunda viagem à lua não passamos por tantas estrelas como da primeira vez. Já passava da meia-noite. Ben ficou em silêncio por muito tempo depois que gozamos. Finalmente ele disse:

– Sabe, Phil, você é o primeiro cara branco com quem eu vou para a cama nos últimos cinco anos.

Eu estava impressionado. Algum censor subconsciente fez com que eu o entendesse mal.

– A primeira vez! – eu disse explosivamente. – Pelo amor de Deus, como alguém pode passar tanto tempo sem sexo? Isso vai acabar endurecendo se você não tomar cuidado.

– Falando em Freud... – ele disse –, você não ouviu a palavra "branco". Para falar a verdade, você não ouviu nada do que eu disse. Eu falei que você era o primeiro cara branco com quem eu ia para a cama depois de cinco anos.

Aquilo me gelou.

– Eu, hum...

Um comentário brilhante. Eu não conseguia pensar em mais nada.

Ben se levantou e vestiu um roupão macio e elegante, preto e prateado. Ele me estendeu um outro vermelho e preto. De alguma forma a ocasião e o lugar fizeram com que eu o vestisse. A seda do roupão era fria de encontro a minhas panturrilhas.

– Será que Albert já voltou? – disse Ben quase para si mesmo.

– É quase uma hora – eu disse.

Ele se virou para mim.

– Nós mesmos podemos fazer os bifes – ele disse. E então sorriu.

– Estou um pouco envergonhado pelo disfarce – ele prosseguiu –, mas o que mais pode fazer um presidente de banco? Eu não podia viver abertamente com um negro e manter o meu trabalho. Os diretores não admitiriam algo do gênero. Seria difícil, para mim, manter um relacionamento aberto, mesmo com um homem branco. Neste jogo é preciso ser um viúvo ou então bem-casado, com uma família grande. Como dissemos, quando envelhecemos precisamos arcar com certos compromissos. E assim fizemos e Albert é bastante feliz. Ele tem tudo o que quer. Uma vez por ano somos infiéis um ao outro. Ele costuma... hum.. trazer um de seus amigos para mim. E então nós voltamos ao nosso... acordo, mais contentes até do que antes.

Eu balancei minha cabeça lentamente em sinal de admiração.

– Nossa! – eu disse. – Você soube lidar com isso bem sistematicamente. Então eu sou a infidelidade deste ano!

Ele concordou. E então de repente uma idéia me ocorreu como uma centelha.

– Qual é o sobrenome de Albert? – perguntei.

Ele me deu um pequeno sorriso.

– Você é um cara bem esperto – ele disse. – É Thorne. É o filho de Lem. Demorei onze anos para encontrá-lo.

9

Uma vez na vida, outra na morte

Eu me sentia sujo, por dentro e por fora.

Sempre me sentia assim depois que fazia "negócios" com Eddie Elstein, que vivia no Gold Coast, no mesmo prédio moderno de vidro e cromado que o banqueiro Ben Thomas e onde eu havia estado várias vezes antes. Era um dos lugares mais badalados de Chicago, mas mesmo assim eu me sentia sujo.

Não era nada relacionado com o apartamento que me fazia sentir nojento – era Eddie. Baixo, careca, com uma cor meio rosada, meio tijolo, e uma gagueira, Eddie era um dos cinqüentões mais ricos de minha lista. E um dos mais pão-duros.

Mas era um dinheirinho fácil. Normalmente não era preciso gastar todo o combustível. Bastava amedrontá-lo com palavras ou surrá-lo um pouco. Quem sabe botar o salto da bota com força sobre o seu peito branco murcho e girá-lo – ou talvez molhá-lo de alguma forma. Mas esta noite, especialmente, eu só havia falado e o ameaçado, enquanto ele, com os olhos semicerrados e fixos, sabe Deus em que cena olímpica, que heróis e atletas, freneticamente cuidava de si mesmo. No final de tudo ele deu a costumeira fungada no amil-nitrito, uma "droga" que ele sempre pulverizava sob seu nariz na hora do orgasmo. Isso... melhorava as coisas para ele. Mas eu sempre ficava nervoso quando ele usava aquilo. Eu não queria estar por perto se um cliente morresse de "overdose".

Tudo depois era calmaria por alguns minutos. Eu vesti minhas calças, abotoei-as e me sentei em uma cadeira preta e macia para acender um cigarro. Finalmente Eddie recuperou a respiração, enfiou-se cambaleante em um robe e olhou de modo obscuro para o quarto.

– Um uísque com soda? – ele disse.

Era preciso aprender a não beber ou comer nada na casa de Eddie. Ele colocava punhados ou colheradas disto ou daquilo na comida e na bebida. Esta era a sua idéia de brincadeira, talvez uma maneira de se vingar de seus amigos e michês por serem mais jovens, mais bonitos, mais sãos ou menos doentes que ele.

Eu balancei minha cabeça.

– Ainda estou doidão daquele baseado – eu disse. Eu não fumava maconha com freqüência e nunca havia experimentado qualquer coisa mais forte.

Estimulantes estavam definitivamente fora de questão – era muito esforço para os músculos do coração e para os vasos capilares do cérebro. Eu não queria morrer na casa de um cliente, nem gostaria que ele esticasse as canelas na minha frente. E eu certamente não aprovava drogas pesadas como heroína, C-heroína ou cocaína. Este garanhão aqui não queria saber de encrencas. Mas Eddie já tinha experimentado de tudo.

– Acho que vou direto para a cama, garotinho – ele disse naquela sua voz de bêbado que ele pensava ser masculina, mas que soava como um papo de decorador com um cliente rico –, se você não se importa.

Ele cheirava a desodorante vencido, Scotch com um toque agudo e medicinal de amil-nitrito. Ele pôs uma nota dobrada na minha mão e sorriu para mim de lado, com falsos dentes perfeitos.

– Com certeza, Eddie – eu disse.

– Você me liga em duas semanas? – ele disse. – E, garoto, pegue o elevador de serviço, só por precaução, tá?

– Sim – eu disse, irritado.

Ele usava a mesma fórmula cada vez que eu ia embora e eu estava cansado de ouvi-lo. Eu não iria passar pelo porteiro através do saguão principal usando calças cáqui, botas e jaqueta de couro preta. Acho que o cérebro de Eddie estava cedendo ao álcool, do mesmo modo que seu corpo, pois a flacidez de sua carne e a crescente deterioração de sua pele eram visíveis – as manchas vermelhas abaixo do queixo e ao longo da barriga. Logo, logo, eu havia decidido, ele teria de me pagar trinta dólares, ou eu procuraria uma nova vítima. Ele

As aventuras de um garoto de programa

provavelmente pagaria sob pressão para não ter de inserir um novo garanhão em sua rotina peculiar.

Foi um alívio sair para o ar fresco. Apesar de ser pleno verão, a noite estava fria como freqüentemente acontecia assim perto do lago e da brisa. Em Chicago chamavam a isso de "O efeito do lago", e era uma das melhores coisas da cidade. Mais para o interior e para o oeste já era outra história.

Eu atravessei uma calçada para ir até o lago e dei a volta pelo que havia sobrado da Oak Street Beach depois que haviam construído a nova passagem subterrânea para desafogar o trânsito.

Cruzava com vários grupos de travestis neste caminho. Era o grande ponto de encontro deles, um festival de assovios e gritinhos, penteados cor-de-bronze, ruivos ou loiros, envernizados com laquê, unhas prateadas e sombra verde bem chamativa em meio à noite fria. Fazia-se um silêncio mortal quando eu passava, que era quebrado com altos e nervosos risinhos idiotas depois de eu ir embora. Acho que eu assustava os idiotas.

Quando passei pelo terceiro grupo, fiz um cumprimento com o meu gorro e disse sarcasticamente: "Boa noite, garotas", e então segui em frente, acompanhado de um coral de gritinhos e exclamações efeminadas, insultos (mas não muito altos) e algumas expressões obscenas como "Bem, eu gosto disto!"

Andei até a North Avenue. Eu já estava quase fora da área mais movimentada e havia menos bancos na praça. Finalmente encontrei um desocupado e me sentei.

O ar frio soprava continuamente aqui, carregado de umidade da água do lago e com um suave cheiro de vida marinha que não era forte o bastante para ser desagradável. Olhei para a água preta e agitada com pequenas ondas brancas que captavam a luz da avenida atrás de mim. Os sons dos carros que passavam tinham um efeito hipnótico. Eu me senti melhor e mais limpo. Fechei os olhos e relaxei.

Talvez eu tenha até cochilado por alguns minutos. Então, de repente, senti alguém se sentar no banco. Mas não ouvi nada. Abri metade do olho mais próximo do recém-chegado e vi um tênis alto preto, uma meia soquete branca e as barras de uma calça Levis azul-clara viradas.

Fechei os meus olhos e comecei a tirar minhas conclusões no melhor estilo Sherlock Holmes. A moda atual do verão para as frutinhas era tênis brancos de cano curto e sujos, não pretos de cano alto. E nenhuma frutinha de Chicago, nenhum verdadeiro nativo usaria meias soquetes no verão – o negócio agora era lã branca. As calças da moda para esta estação eram as cáqui brancas grudadas na pele, não Levis. Conseqüentemente, este cara devia ser de fora da cidade. Fingi estar acordando, me espreguicei e olhei rapidamente para ele. Seus cabelos loiros encaracolados tinham um corte meio arredondado, ele tinha um belo bronzeado e um olhar livre e fresco. Tinha mãos fortes. Bem, parecia um caipira.

Ele estava me olhando em silêncio. Depois de olhar para ele, voltei a olhar para o lago pensando, que ironia, meu Deus, não eram mais as mulheres pintadas de Chicago que atraíam os fazendeiros sob os lampiões de gás hoje em dia. Eram os michês que estavam atrás deles ou que os dominavam.

Então ele falou. Soube imediatamente que era do interior.

– Boas – ele disse.

Os caras da cidade nunca dizem "boas".

– Olá – eu disse, meio bocejando. Então usei o papo mais velho do mundo para puxar conversa. – Tem horas?

– De-desculpe, eu não tenho relógio – ele disse.

Peguei um maço de cigarros e apontei um em sua direção.

– Fuma? – eu disse.

Ele balançou a cabeça. Seus olhos eram azul-claros.

– Nunca nem comecei – ele disse.

Ele era boa-pinta, rosto quadrado anguloso e um corpo rígido. Parecia músculo, não gordura. Ele me lembrou um pouco Bull, do Glacier Park.

– De onde você é? – eu disse, acendendo um cigarro.

– Do interior – ele disse. E então baixou os olhos um pouco embaraçado e disse timidamente. – Sou apenas um fazendeiro.

– É mesmo? – eu disse sorrindo. – Eu também já plantei muitas sementes. Ser fazendeiro não é algo pelo que se deve pedir desculpas. Não sei como nos viraríamos sem você.

Eu me virei no banco para vê-lo melhor. Ele estava usando uma camiseta vermelho-escura de jérsei com mangas curtas. Tinha por volta de 22 anos e era bem loiro, sobrancelhas fartas, cabelos dourados encaracolados na cabeça e uma penugem fina – quase invisível nesta luz – que cobria seus braços bronzeados.

– O que o traz a esta cidade grande e depravada – eu disse. – Está trabalhando?

– Eu vou para uma escola técnica – ele disse – para aprender a fundir metais. Depois voltarei para casa e consertarei as máquinas da fazenda.

– O mundo inteiro está quebrando, eu acho – eu disse.

Eu estava começando a ficar um pouco aborrecido. Este garoto era bem ingênuo. Há uma diferença entre ser quadrado e ser apenas simples, eu acho. Matthias Brown em Milwaukee era quadrado porque tinha tido a chance de adquirir algum *savoir faire* e não o fez, nem mesmo o poderia ter aprendido na prisão. Este rapaz era ingênuo porque nunca tinha entrado em contato com a sofisticação. Eu sabia que não podia suportar quadrados, e tinha uma forte suspeita de que me cansaria deste cara em dez minutos. Fiz uma espécie de movimento para me ajeitar e me preparar para ir embora.

Então ele me balançou com um gesto e uma frase que quase me fizeram cair do banco. Ele pôs uma de suas mãos no meu braço e disse:

– Gostaria de ir para casa comigo?

Eu honestamente fui incapaz de reagir por um momento. Abri a boca algumas vezes e finalmente disse:

– Por que eu iria, garoto?

Ele me falou diretamente, usando uma expressão que era pura linguagem da fazenda, direto do milharal e do curral.

– Ai, ai, ai! – eu disse alarmado. – Não me venha com este palavreado, garoto. E não me faça propostas deste tipo. Como sabe que não sou um tira?

Ele me olhou seriamente.

– Você não está usando uniforme.

Olhei para o céu desesperado.

– Meu Deus, rapaz – eu disse. – Em Chicago os tiras se vestem com calças apertadas e roupas como a minha para poder pegar bichas fazendo propostas do tipo que você acabou de fazer. Ou pelo menos eles costumavam agarrar as bichas assim.

Ele me olhou com um olho azul-claro, o outro estava escondido sob a sombra de seu rosto virado.

– Não acho que eu poderia ser chamado de bicha – ele disse. Lá em casa isto significa que alguém levou uma paulada na cabeça. Um pouco louco, como vocês diriam, eu acho.

– Bem, não é isto que quer dizer aqui – eu disse com alguma energia. E então eu lhe expliquei o significado da palavra e terminei apontando para o grupo de travestis pelo qual eu havia passado.

– Está vendo aquele grupo ali? São bichas.

– Eu não olhei de perto – ele disse. – Achei que eram garotas vestidas para a noite. Ele pensou um pouco. – Mas não parece pouco natural para mim – ele disse. – Eu tinha um amigo lá no interior e nós costumávamos fazer troca-troca o tempo todo. Nós também transávamos com garotas. E não achávamos que éramos bichas.

Eu me inclinei para a frente, cotovelos sobre os joelhos, ausente, socando a palma de minha mão.

– Ovelhas e vacas também, eu suponho – eu disse.

– Nada de ovelhas – ele disse. – Vacas, às vezes.

– Oh, a vida de um rapaz da fazenda – eu disse sarcasticamente. – O homem é um animal sexual, eu acho. Quando se é jovem, suas glândulas o mantêm excitado o tempo todo e o seu desespero interno o torna inventivo.

– A vida na fazenda não é nada boa – ele disse sério.

– Cara – eu disse. – Tome cuidado. Não é seguro pra você ficar sozinho na cidade. Alguém vai te pegar.

Ele sorriu em meio ao desenho formado pelas sombras das folhas que pendiam sobre o seu rosto.

– Você ainda não respondeu a minha pergunta – ele disse.

– Que pergunta? – eu disse, um pouco confuso.

As coisas estavam andando rápido demais para o meu gosto. A minha sofisticação mal podia com a sua simplicidade.

– Se você vai comigo para casa.

"Droga", pensei. Eu não podia explicar que era um garoto de programa. Isto realmente seria demais para uma noite só.

Decidi ir com ele. Ele precisava de proteção. E tenho de admitir que sua abordagem simples e direta era muito mais fascinante que qualquer outra coisa que eu tinha visto em anos – muito mais estimulante que a doentia e sofisticada frescura de uma indecente frutinha velha como Eddie Elstein.

– Sim, eu vou com você – resmunguei.

Ele segurou o meu braço e o apertou um pouco.

– Obrigado – ele disse. – Gosto de você, me faz lembrar de um tio meu. Meu nome é Kenny.

Eu lhe disse o meu. E então ele me surpreendeu mais uma vez naquela noite. Num mundo em que ninguém mais beija, ele se inclinou na minha direção em meio à escuridão com os lábios entreabertos, deixando à mostra o brilho de seus dentes perfeitos.

E eu – um velho michê calejado e durão – curvei-me sobre o meu caipira e beijei em cheio seus lábios abertos. Ele tinha um cheiro e um sabor fresco e limpo, como grama seca e raio de sol.

Foi uma noite estranha e, a seu modo maravilhosa, eu já gostava bastante de Kenny, mesmo antes de ir para a cama com ele. E então, não sei exatamente por que, afinal, eu não queria conscientemente "torná-lo meu", como se diz, mas fiz as coisas como ele queria e usei uma técnica capaz de fortalecer qualquer relacionamento.

No mundo heterossexual, consta que se um homem quer fazer com que uma mulher seja somente sua, tudo o que ele precisa fazer é baixar a cabeça até lá e fazer o trabalho, e ela passa a ser dele para sempre, por causa de sua originalidade e de a sensação ser muito superior à que ela está acostumada. Reza a lenda que ela se desmancha e corre... para ele, é claro.

A técnica que usei com Keny foi praticamente uma invenção minha. Digamos que o método me foi apresentado um dia quando eu estava lendo um texto antigo sobre mecânica e cheguei a um capítulo que falava de Arquimedes, alavancas e pontos de apoio. Há vários tipos de variações possíveis com alavancas e pontos de apoio – mas eu percebi que se usasse um ponto de apoio circular, a alavanca seria capaz de uma infinidade de movimentos variados. Era mais trabalhoso, mas valia a pena. Kenny – suspirando e arfando, preso nas malhas acetinadas e tumultuadas do prazer – começou a se desmanchar e... na minha direção, é claro. Mas, mesmo no ápice do seu prazer, ele não esqueceu de seus afazeres como anfitrião. Eu lhe ensinei tudo sobre amantes, alavancas e pontos de apoio circulares, e ele, em troca, me deu um rápido e inesquecível curso de torções, tensores, fricção e agarramento puro e simples. Foi um conjunto de lições que foi direto ao ponto, ilustrado com exemplos fortes e efetivos. A certa altura eu pensei ter perdido a alavanca completamente.

Não sei qual de nós estava suando mais quando tudo acabou. A noite de repente pareceu ter ficado quente. Depois de pular de volta o muro da pequena morte, eu acendi um cigarro e soltei a fumaça no facho de luz que vinha da janela do pequeno quarto sujo de Kenny.

Ele se agitou um pouco na cama, ergueu um de seus braços fortes, jovens e róseos como um pássaro noturno por entre as sombras e se aninhou no meu peito. É natural que um homem se retraia ao contato da imundície – mas por que no mundo eu deveria me retrair ao toque de sua carne fresca e limpa? Talvez a coisa funcionasse comigo do modo inverso, como um vampiro que se arrepia com a simples visão de uma cruz de prata.

Ele se virou para mim com um pequeno movimento, me fuçando quase como um cachorrinho. Ele estava quente e ainda cheirava a grama, com um pequeno toque de suor.

Ele disse o meu nome muito suavemente.

– Phil...

– Sim – eu disse. – O que foi, Kenny?

Ele se moveu no espaço circular do meu braço.

– Eu, eu te amo, Phil – ele disse. – Uma coisa destas só acontece uma vez na vida e outra na morte, não é? Foi ma-maravilhoso.

– Foi muito bom, cara – eu disse rudemente, e retirei o meu braço.

Este papo de amor e uma vez na vida e outra na morte era meio chato e embaraçoso para mim. Duas ou três vezes tinha me acontecido de um cliente se apaixonar por mim, mas eu não queria que isto acontecesse sem que houvesse dinheiro envolvido. As sementes de minha dama-da-noite eram caras, e parte da minha sobrevivência vinha de sua venda. Eu não podia dá-las de graça para amizades casuais, descobertas nos bancos da North Avenue Beach. Eu lancei minhas pernas para fora da cama e me sentei na ponta.

Kenny se mexeu e pôs o braço em volta do meu peito.

– Só uma vez foi assim como hoje – ele disse suavemente.

Eu tive uma súbita intuição.

– Seu tio? – eu disse. – Aquele sobre o qual você me falou, que foi morto na Coréia?

O seu braço se enrijeceu um pouco e então relaxou.

– Sim – ele disse.

Então eu vi na meia luz que ele estava olhando em minha direção, sua cabeça sobre o lençol. Seus olhos agora estavam muito escuros. Eu o vi passar a língua nos lábios e senti seu corpo se tensionar um pouco, como se estivesse se preparando para um assalto.

– Vai se mudar para cá comigo, Phil? – ele disse baixinho.

Eu me levantei da cama e olhei para ele.

– Ouça, garotinho – eu disse, e então me lembrei de que tinha sido assim que Eddie Elstein me chamara algumas horas antes. Engraçado... – Escute – eu disse novamente –, sou um garoto de programa. Garotos de programa não se apaixonam. Amor é uma palavra suja para nós. Tivemos um belo agito numa noite fresca de verão, então vamos deixar assim, tá?

Ele se virou para mim, mas não havia luz suficiente para que eu pudesse ver a sua expressão. Finalmente ele disse:

– O que é exatamente um garoto de programa?

– Um prostituto – eu disse selvagemente, e fiquei me perguntando o porquê de minha irritação. – Um cara que vende o seu corpo para bichas por dinheiro. Há vários tipos diferentes de prostituição, mas este é o tipo que eu faço.

De repente me senti como se eu tivesse sessenta anos a mais do que ele, e não apenas seis. E me senti muito sujo, como se o meu corpo estivesse coberto com o acúmulo de saliva seca de todas as línguas que já tinham passado por mim, com enrijecidas camadas do sêmen que jorrara sobre mim e com a velha e viscosa vaselina. Tremi um pouco no escuro.

– Você tem um chuveiro? – perguntei.

A sensação de sujeira era intolerável. Comecei a compreender por que certas pessoas tinham a compulsão de lavar as mãos o tempo todo.

Kenny retardou a resposta por um momento. Então:

– Fica ali – ele disse. – Você tem de trancar a outra porta. É um quarto contíguo e nós dividimos o banheiro. Vou te arranjar uma toalha.

A água me ajudou, mas não totalmente. O jorro frio me acalmou um pouco e levou meus pensamentos para outro lugar. O banheiro era um área fechada circunscrita por uma lona presa por um anel a um tubo, de modo que era difícil se virar dentro dele sem esbarrar na lona úmida e estreita – e isto, é claro, me fez lembrar mais uma vez das diferenças entre mim e Kenny.

Abri a lona e saí do chuveiro, pisando sobre o tapete. Kenny tinha colocado uma toalha de algodão sobre a pia. Eu a peguei e comecei a me enxugar, e então , olhando por acaso para a escuridão do quarto, vi que ele estava me olhando. Mais uma vez, uma estranha perversidade me fez perder um certo tempo na exibição – esfregando os pêlos negros do meu peito devagar (Kenny tinha gostado deles, enrolado seus dedos neles, mordiscado alguns deles) e secando desnecessariamente o meu pau até ficar um pouco excitado novamente, e então, com um pé erguido, secando primeiro uma perna lentamente, e depois a outra, me virando deliberadamente para que ele pudesse ver o meu sexo balançando. Eu ainda estava em boa forma.

Eu me olhei no espelho. Foi uma cara dura e sexy que me olhou de volta. Vários clientes me haviam dito que eu era um sósia do cara que fazia o filme de Bond, Agente 007, exceto pelo cabelo. O meu era preto e encaracolado, o tipo comum em pessoas de sangue grego; o dele era liso. Mas eu tinha a mesma marca de expressão nos cantos da boca, uma covinha no queixo e sobrancelhas espessas. Estranhamente, este era o tipo de rosto que me chamaria a atenção caso o visse na rua. Eu quase quis ter conhecido o tio de Kenny para saber se ele realmente se parecia comigo.

Kenny levantou da cama e acendeu uma pequena luz no armário. Eu voltei ao quarto.

Na mesa, sob a luminária, havia duas notas de um dólar e alguns trocados. Olhei para aquilo e depois para ele.

Ele não me encarou.

– Sinto muito – ele disse. – Este era todo o dinheiro que eu tinha em casa. Dois dólares e setenta e seis centavos.

Eu mordi forte os meus dentes de trás para me controlar.

– Kenny – eu disse, baixo e grave –, fique com o seu maldito dinheiro, você precisa mais dele do que eu. Eu tenho outro trabalho além da prostituição; é uma questão de princípios, eu não posso esquecer como é que se trabalha. Eu trabalho no Steve e Mike's Gym durante o dia.

Era uma situação clássica, eu acho – tema de inúmeras óperas, romances (do século XIX, na maior parte) e peças. O herói se apaixona por uma puta. Ou a puta se apaixona pelo herói. No momento isto não me parecia muito provável no meu caso. Então há uma crise trágica, que se resolve através de: a) morte súbita; b) suicídio; c) desaparecimento; d) ruína financeira ou e) reforma e regeneração. Mas será que havia uma sexta possibilidade?

As aventuras de um garoto de programa

– Eu ficaria contente de contratar os seus serviços com tanta freqüência quanto eu pudesse pagar – disse Kenny, de modo amargo. Acho que poderia vê-lo uma vez por mês.

Exasperado, eu me sentei na ponta da cama. Agarrei cada um de seus ombros com as minhas mãos e o apertei forte até machucá-lo e então o sacudi.

– Não seja sarcástico – eu lhe disse entredentes. – Você não é assim, é um cara legal e doce e acho que de primeira. Mas não quer ficar preso a um michê como eu. Você pode ter tudo o que quiser de graça. Você é jovem, bonito e saudável.

Kenny enterrou o rosto na minha costela.

– Mas eu quero você – ele disse triste. – Você se parece tanto com o meu tio. Você parece durão e masculino como ele.

Eu pus a mão sob o seu queixo e puxei o seu rosto para cima. O que era aquela linha fina e úmida que brilhava em sua bochecha?

– Kenny – eu disse, balançando um pouco minha cabeça de lá para cá. – Kenny, o que é que eu vou fazer com você?

Ele estava em silêncio, com os olhos fechados. E então, pela quarta vez naquela noite, eu baixei minha cabeça e beijei um homem. Sua boca tremeu um pouco e ficou fechada. Então a minha língua explorou a linha de separação entre seus lábios e se moveu através dela de um lado para outro. Senti os pequenos músculos fortes relaxando. Sua boca se abriu um pouco mas a forte barreira dos dentes ainda resistia. Enfiei minha língua mais fundo e mais firmemente e a fiz correr entre seus dentes e lábios até que finalmente seus dentes se ergueram como uma pequena ponte levadiça de marfim, e a minha língua se moveu na profundidade da cavidade vermelha e quente da boca de meu caipira.

Ele era o rapaz mais doce que eu já havia encontrado, mas me assustava um pouco. Eu tinha medo de me apaixonar por ele. E isto não pode acontecer a um michê, nem mesmo uma vez na vida e outra na morte.

O que aquela noite provocou foi quase demais para mim. Eu o queria – e não queria. Estava perdendo a minha independência. Na verdade, a pior desvantagem era que eu não podia sustentar aquela paixão. Ele me fazia perder dinheiro demais. Atrapalhava a minha agenda – sem saber, é claro, ou perceber. E se não interrompia efetivamente os meus compromissos, reduzia a qualidade de minhas performances em outros encontros. Quase perdi Luigi del Lupo e Doc Broderick, porque, segundo Doc, eles estavam "sentindo falta do estilo selvagem que você costumava ter" .

Não é de admirar. O curral estava situado num pequeno apartamento de um quarto na Clark Street e eu estava sendo selado. E quanto mais eu via Kenny, maior era o afeto que eu desenvolvia pelos arreios. Eu pensei ironicamente em todos os homossexuais que eu já tinha conhecido e que viviam pulando de homem para homem, sempre procurando o ideal, a grande paixão. O Grande Amante ou o Jovem Terno. E lá estava eu com um rapaz doce e jovem que praticamente caíra de pára-quedas na minha cama. Ele me amava e eu estava resistindo como podia. A idéia de me apaixonar me chocava, me dava claustrofobia. Meu coração estava morto, e era assim que eu queria que fosse. Talvez mais tarde, quando eu tivesse uns sessenta anos, eu me apaixonasse, mas não agora. Como dizem os franceses: "Por que comprar uma vaca quando o leite é tão barato?"

E então, uma noite, quando Kenny tinha de estudar, eu fui para um dos bares gays da Near North Side e conversei com um cara, um fotógrafo que eu conhecera há muito tempo em Chicago. Ele tirava fotos de halterofilistas e marombeiros e as vendia para as revistas. Acho que bebi umas cervejas a mais, pois desbundei e falei a respeito de minhas dificuldades com Kenny. Mike era escolado nos caminhos imorais do mundo de Chicago.

– Vou te dizer uma coisa – ele disse. – Sabe aquele ditado sobre "se não pode ir contra, junte-se a eles"? Se não pode cair fora desta, por que não faz com que ele se junte a você?

– Quer dizer... – eu comecei.

Mike fez que sim.

– Acho que uma grana extra não faria nada mal a ele, não é?

– Sim – eu disse. – E tenho lhe dado uma boa mostra do meu próprio trabalho.

Mike olhou para mim sinistro e sorriu.

– Cara, vocês já foram longe demais – ele disse. – É realmente lamentável quando um michê paga por seus programas, mas quando um michê cai, ele cai feio mesmo.

– Não conte isto a ninguém ou eu arrebento seus músculos isquiocavernosos – eu disse.

– OK, OK – ele disse. – Vou dizer o que deve fazer. Você disse que o garoto tem um corpo bonito. Mande-o para cá e eu o fotografarei. E então colocaremos as suas fotografias no catálogo de garanhões.

– Catálogo de garanhões? – eu disse, confuso.

– Claro, as tais revistas – ele disse – As tias velhas as vêem, começam a fazer perguntas a seu respeito, depois vêm as cartas de fãs, e tudo o mais – e então, de repente ele vira um astro de cinema.

– Sim – eu disse com nojo –, é um truque sujo.

Mike balançou a mão.

– Você pode ser o seu tutor – ele disse. – Preveni-lo dos perigos, poupá-lo dos fracassos humilhantes. E se você for prático, poderá contar com ele quando envelhecer – ele concluiu cinicamente.

– Ele é mais jovem que você.

Bem, foi isso o que aconteceu – essencialmente. Foi a sexta solução, fazer dele um michê também. Transformar o herói num prostituto. Kenny foi fotografado e nunca se viu maior retorno na história daquelas revistas! Ele recebia telefonemas de Mike todo dia e pilhas de cartas. Desistiu da escola e se mudou para alguns quarteirões a leste, num pequeno apartamento legal na Gold Coast. Esqueceu completamente aquela história de voltar para casa para consertar os equipamentos quebrados da fazenda.

Eu não o vejo muito agora. É um garanhão bem ocupado, muito popular em toda a cidade. Mas tenho o prazer de encontrá-lo eventualmente e sempre que ele liga, deixo o que estiver fazendo e vou vê-lo. Mas não o faz com muita freqüência. Quem sabe uma vez na vida e outra na morte.

10
Uma coleira para Aquiles

Costuma-se dizer entre os michês que eles jamais devem morar junto, pois é muito provável que acabem brigando pelos clientes e deixando de ser amigos. É considerado algo no mínimo perigoso de se fazer, pois o simples fato de saber que seu colega é experiente em tais atividades pode fazer com que um dos dois acabe tirando vantagem da situação quando a pressão aumentar.

Mas às vezes não tem jeito de escapar de certas situações. O grande Rudolf Dax, que sempre trabalhou no Steve e Mike's Gym, veio falar comigo numa quinta-feira à noite quando eu estava me preparando para fechar o lugar. Estava quase na hora e ele era o único que ainda estava por lá. Foi direto ao assunto.

– Tem jeito de você me abrigar esta noite? – ele perguntou.

– Qual o problema? – eu disse.

– Família – ele disse. – Papai acha que sou um fracassado. Ontem à noite ele me disse para não voltar para casa a menos que eu tivesse conseguido um emprego.

– E você não conseguiu.

Rudolf sorriu.

– Necas – ele disse. – Não arranjei um único programa.

Na gíria de Chicago isto significava que ele não achou nenhum freguês que topasse pagar dez dólares por vinte minutos de passividade e nudez.

– Não sabia que você estava fazendo programas – eu disse. – Sempre pensei em você como o típico rapaz americano normal.

– Até nós, rapazes americanos normais, temos que sobreviver – ele disse. – Já estou nisto há anos. Você também?

– Um bom tempo – eu disse.

Rudolf sorriu de novo.

– Talvez pudéssemos intercambiar alguns clientes – ele disse. – Tenho o telefone de uns doze caras que já estão cansados da minha cara.

– Eu também tenho vários – admiti.

Vendo-o ali parado, nunca se poderia pensar que ele era o que a lei definia como um prostituto. Ele era alto, tinha olhos azuis, cabelos da cor das barbas de milho – um perfeito tipo austríaco. Seu peito era largo, protuberante; pensar nele contido e limitado pelo frágil tecido de uma camiseta branca dava uma sensação de irrealidade. Seus braços tinham pelo menos 18 polegadas e os muques eram tão fortes quanto os de Hércules. Ele já havia recebido prêmios pelo corpo e parece que disputou, dizem, o título de Mr. América. Nesta ocasião seus ganhos como garoto de programa provavelmente dobraram.

– Há um cara – disse Rudolf – que gosta que eu fique nu com as pernas afastadas e tensionadas enquanto ele tenta subir em mim como em uma árvore. Do chão.

Eu fiquei chocado.

– Um outro – ele disse – gosta que eu enrijeça a barriga para depois me socar tão forte quanto puder.

– Não, obrigado – eu disse. – Você não tem nada menos violento?

– Claro – disse Rudolf. – Tem o...

– Por que não tomamos uma cerveja para falar sobre isso? – eu disse. – Claro que você pode dormir esta noite lá em casa.

Rudolf parecia ofendido.

– Eu não costumo beber – ele disse. – Tenho de manter a forma. Mas talvez eu abra uma exceção: estou tão puto com o velho...

– Por que não? – eu disse. Achei que poderia ser divertido embebedá-lo e depois ver o que aconteceria.

– Não se importa de eu ficar com você?

– Claro que não – eu disse. – O que é meu é seu. Afinal, estamos todos no mesmo barco, não é?

Ele ficou com uma expressão vazia por um momento e então seu rosto extraordinariamente bonito irrompeu num largo sorriso de menino. Ele parecia um adolescente quando sorria, um grande adolescente, em vez de um homem jovem de seus vinte e muitos anos.

Eu estava era com inveja, nada mais. Tinha inveja da sua saúde explosiva, de suas madeixas louras, de sua cor radiante (era verão e o seu bronzeado tinha um tom ouro-avermelhado profundo e o branco de sua camiseta e shorts de ginástica quase cegavam pelo contraste). O charme de seu corpo refulgia como um arco elétrico. No ginásio, todos os pequenos viadinhos se desviavam em sua direção, como se ele fosse o magnético norte. Como eu tinha inveja do seu charme, nunca tinha conversado muito com ele e não sabia se a sua aparente arrogância e austeridade eram resultado de um ego superinflado, horas com os pesos ou apenas uma insegurança básica.

O pequeno demônio da perversidade é um ser estranho que faz despertar os mais bizarros sentimentos, e a inveja é um deles. E da inveja surge o quê? O que fez Iago prender Otelo numa rede de mentiras? Quem pode dizer o quanto de Iago existe em cada um de nós? Será que nós – do mesmo modo que ele – não desejamos enfeitar o nosso desejo? Para nos sobrepormos aos melhores, mais bonitos, mais favorecidos que nós?

Agarrei Rudolf por um de seus incríveis braços.

– Vamos, cara – eu disse. – Você se veste, apaga as luzes do fundo e tranca a porta de trás e nós vamos sair e beber umas cervejas.

– Com certeza – disse Rudolf.

Talvez eu tivesse uma vantagem sobre ele. Ele podia ser tão bonito quanto a aurora de dedos róseos sobre o mar escuro como o vinho, mas com certeza era muito estúpido. Todos diziam isto e eu esperava ser capaz de provar a mim mesmo que era verdade. Isto poderia manter a tradição viva a respeito de louros burros e eu poderia continuar admirando os poderes intelectuais do homem que eu amava – eu mesmo.

– Para onde vamos? – perguntei a ele um pouco mais tarde, depois que fechamos a porta da frente.

– Tem um bar muito bom em Diversey, uns amigos meus me falaram – disse Rudolf. – Chama-se Sanz Suzie. – Ele hesitou por um momento. – O que isto quer dizer, Phil?

– Sem preocupações ou cuidados – eu disse. – É muito longe. Vamos ficar aqui pelas redondezas.

Eu não estava disposto a levar o grande Aquiles (seu nome do meio) para o Sans Souci e deixar que Luigi di Lupo pusesse os olhos nele. Poderia ser o fim de meu ganho semanal com esse cliente.

Então fomos para um lugar na South State Street, no New Paradise, uma taverna fedorenta gerenciada por alguns gregos mal-encarados.

Depois de três doses de uísque com cerveja o mundo começou a parecer mais brilhante para Rudolf. Parei no primeiro drinque. Sempre gostei de permanecer sóbrio para poder tirar vantagem daqueles que bebem.

Ele evidentemente não estava acostumado a beber tanto e tão rápido, pois depois de meia hora estava realmente alto, o bastante para que eu pudesse começar a trabalhar nele.

— O que você faz com os seus clientes? – eu perguntei. – Além de "bancar a árvore".

— Absolutamente nada, disse Rudolf. Eu apenas me deito e deixo que eles façam o que quiserem. Sou rigorosamente prostituto.

— Você não faz mais nada?

Ele balançou a cabeça violentamente.

— Não, senhor – ele respondeu com veemência. – Já recusei várias ofertas de muitos caras – carros, apartamentos, viagens – tudo por ser estritamente prostituto.

Bem, era bom saber disso. Eu teria de descobrir a pressão apropriada se quisesse ver o topo de sua cabeça quando olhasse para os meus pés.

A birita soltou sua língua. Ele falou muito sobre si mesmo, do que gostava e do que não gostava. Contou-me quantas propostas, tanto de homens quanto de mulheres, era capaz de conseguir simplesmente andando pela Oak Street Beach num dia quente – de calção, é claro. Ou algumas vezes completamente vestido. Ele me contou como ficou louco da vida com sua irmã menor quando ela pegou sua coleção de revistas do Tarzan e as vendeu por alguns centavos.

— Cara, que corpo o daquele Tarzan! E eu colecionando aquelas revistas por anos, e de repente tudo some assim. Ele estalou os dedos e olhou feio para a cerveja.

— Especialmente agora que as primeiras edições destas revistas estão sendo vendidas por vinte e cinco paus – eu disse.

Por um momento achei que ele ia me bater. Mas tudo o que ele falou foi:

– Puta que pariu!

Ele tinha o mal da beleza, que em sua progressão destrói a alma e a vontade. Algo acontece à sua inocência quando, ao caminhar sem roupa na praia, ou completamente vestido na rua, cada pessoa, homem ou mulher, sente vontade de ir para a cama com você. E isto tinha acontecido, ou estava acontecendo com Rudolf Achilles Dax.

– Às vezes é preciso repeli-los – ele disse, mandando a quinta dose para dentro.

– É – eu disse curto. Eu raramente me importava com o clamor das pessoas pelo meu pau. Tentei mudar o assunto.

– Qual é a sua profissão?

Ele deu de ombros.

– Prostituição, eu acho.

– Rudolf – eu disse. – Você tem de ter alguma coisa na qual possa trabalhar. Você não pode fazer programas para sempre. Quando você tiver uns trinta e dois anos, já era. Ninguém vai querer você quando ficar velho.

– Eu tive por volta de vinte empregos nos últimos dois anos – ele disse. Nenhum deles funcionou. Eu mudava da idéia, mas depois de algumas semanas acabava saindo. A verdade é – e ele se inclinou e sussurrou confidencialmente perto do meu ouvido – que eu fico dizendo para mim mesmo quando estou num trabalho: por que diabos tenho de ficar o dia inteiro trabalhando por míseros dez paus quando poderia ganhar muito mais em apenas vinte minutos de programas, talvez até o dobro?

Eu meneei a cabeça em simpatia. Eu tinha pensado a mesma coisa várias vezes. Era difícil segurar um emprego. Eu normalmente tinha de me forçar a fazê-lo com muita disciplina. Nossa vida tinha na verdade armado uma armadilha de ouro para nós, com dentes tão afiados quanto agulhas mais penetrantes e cruéis que o aço. Quando abocanhavam a nossa psique, eles a cortavam e machucavam, formando feridas de onde a terrível decadência começava a se espalhar.

Foi assim que aconteceu a Rudolf e era bem provável que acontecesse comigo se eu não tomasse cuidado. Sua juventude estava se esvaindo e ele não estava preparado para nada – nem psicológica, física ou mentalmente. À sua frente abria-se a cratera da infelicidade, do corte em seus ganhos, que terminaria fazendo com que ele cedesse e acabasse fazendo e deixando que fizessem as coisas às quais ele até agora tinha se negado.

– O único emprego de que gostei até hoje – ele disse – foi num bar e restaurante alemão chamado *Zum Deutschen Eck*, onde eu tinha de vestir calças de couro e cantar músicas alemãs.

Seus olhos se tornaram obscuros.

– Bons tempos – ele disse. – Muitas propostas. Para falar a verdade, foi lá que eu comecei a fazer programas.

Seus olhos azuis claros pareciam não estar conseguindo mais focar direito. Ele foi pegar o seu troco e deixou vinte e cinco centavos caírem no chão. Acabou caindo sobre o banco quando se abaixou para pegá-los.

– *Um Gottes willen* – ele disse, abandonando completamente o inglês.

Eu achei que ele já tinha bebido o bastante. Eu o amparei e fomos embora, um de seus grandes braços em volta do meu pescoço. Levei-o até o metrô e, com dificuldade, o impedi de convidar o guarda para uma noitada.

Caminhar do metrô até o meu apartamento fez com que ele ficasse um pouco mais sóbrio. Ele era muito afetuoso quando bêbado, como um grande são-bernardo. O braço continuou em volta do meu pescoço e, para falar a verdade, eu estava gostando disto.

O meu apartamento era muito abafado, por isso abri as janelas e liguei o ventilador. Rudolf tirou a sua camiseta branca de jérsei (justa), os sapatos e então desabotoou as calças e as puxou com desleixo. Como a maioria dos garotos de programa, ele não usava cueca. Nós já descobríramos havia muito tempo que com o novo corte das calças atuais nossos volumes e formas apareciam bcm mais quando não usávamos roupa de baixo.

A visão de seu corpo me deixou com a boca seca. O panorama dourado era incrível – formas perfeitas e definidas, suas costas largas, sua coluna e pescoço, os belos peitorais, as montanhas do abdômen forte, os pés de arcos pronunciados. Ele se ajeitou na ponta da cama e puxou a ponta do cobertor. Afastou suas pernas. E então passou a mão sobre o seu peito sem pêlos.

Ele riu um pouco. – Eu me raspei para algumas fotos – ele disse. – Está crescendo – ele riu de novo. – Espeta.

– Cuidado com a língua – eu disse. Ele ficou pasmado.

– Não importa – eu disse.

Ele ficou se manipulando. Eu estava feliz de perceber uma coisa. Seus músculos eram bem maiores que os meus, mas eu era mais homem do que ele. Não era um grande conforto, mas ajudava um pouco.

Ele se espreguiçou como um grande gato malhado. Eu umedeci meus lábios.

– Que corpo você tem! – eu disse.

– Gosta? – ele perguntou, flexionando um de seus braços enormes. Então olhou para mim. – Quer me chupar? – ele disse.

– Está brincando? – eu disse, tirando as minhas calças. – Não faço isso com os meus clientes, assim como você.

Era uma mentirinha, mas nós michês nunca pudemos suportar perder para outro. Eu tinha de seguir em frente e ser forte, sorrir através de minhas lágrimas, rir com o coração partido.

– Para falar a verdade – falei tão calmamente quanto pude, apesar de os meus dedos estarem tremendo um pouco –, eu estava pensando em pedir que você se deitasse de bruços para mim.

– De jeito nenhum – ele disse violentamente e se ergueu sobre um cotovelo, me olhando feio.

– OK, OK – eu disse, abanando-o. – Não fique nervoso. É uma pena. Nós dois estamos a fim e não podemos fazer nada. Um verdadeiro impasse.

– O que é um impasse? – disse Rudolf.

– Um impasse? – expliquei. – Ninguém quer fazer nada – eu disse.

Isto começou a me irritar. Lá estávamos nós, excitados e experientes, mas de olho um no outro, cheios de suspeitas e hostilidades, algo como a Rússia contra os Estados Unidos, ou como dois garotos rondando um ao outro, ameaçando-se mutuamente mas com medo de dar o primeiro passo. E não tinha certeza a respeito de Rudolf. Talvez ele realmente nunca tivesse feito mais do que simplesmente ficar passivo. Mas eu sabia de mim. Eu queria fazer o que ele tinha me pedido, mas eu me mataria se o fizesse. Talvez mais que isso, se a coisa se espalhasse entre os michês e clientes. Um bom michê jamais falava de seus clientes, mas por outro lado podia-se falar dos concorrentes livremente. (Cara, esta é quente! Sabe o Phil? Pois é, caiu de boca no Rudolf Dax, noite passada. Não diga! Quem pagou a quem?)

Rudolf concordou.

– É muito ruim – ele disse com convicção alcoólica. – Nós dois estamos mais quentes que pistolas e não podemos fazer nada a respeito.

Eu sorri para ele.

– É claro que podemos – eu disse. – Há algo que podemos fazer.

– Não vejo o quê – disse Rudolf resolutamente. – Você não vai ceder, nem eu, então o que mais há a fazer?

Eu lhe disse.

Seus olhos se arregalaram.

– Pro inferno. Isto é coisa de garoto. Não faço isto desde o ginásio.

– Isto é o que todo mundo diz – eu disse. – Mas todo mundo ainda faz. É claro que talvez não com tanta freqüência quanto antes. Você não teria mesmo por que fazê-lo, já que os negócios estão indo tão bem. Mas se fizermos isto, com propósitos estritamente médicos, nenhum de nós vai poder chamar o outro de coisa alguma.

Rudolf pensou por um momento.

– Quer dizer, eu bater para você e você para mim?

– Sim, ou então podemos até fazê-lo sozinhos.

– OK – disse Rudolf, mexendo-se na cama.

Percebi que, a partir do momento em que concordou com a coisa, ele começou a se excitar. E eu também.

Eu peguei o pote de creme e umas toalhas e apaguei a luz, deitando-me ao seu lado. Havia bastante luz no corredor. Pus um braço sob a sua cabeça, de forma que minha mão roçou nos seus bicos, que eu belisquei um pouco. Para não ser rude, ele fez o mesmo comigo. E então nós dois avançamos com a outra mão e começamos.

Quando tudo acabou, nós solenemente dividimos a mesma toalha e então Rudolf, com um grande suspiro, tirou o braço de baixo da minha cabeça (e eu tirei o meu), e nós dois ficamos deitados olhando para o teto escuro.

– Isto foi muito bom – ele disse.

– É – eu disse.

– Mas não como a coisa de verdade.

– Não.

O que era a coisa de verdade para nós? A boca de um homem? De uma mulher? Um homem de bruços? Uma mulher de costas?

Ele adormeceu logo. Eu fiquei ainda um tempo ouvindo uma torneira pingando no banheiro e então o acompanhei.

Durante as semanas em que Rudolf ficou em minha casa, eu passei a conhecê-lo bem. E os comentários sobre sua estupidez não tinham sido exagerados. Eu me acostumei ao seu olhar vazio cada vez que eu falava alguma coisa um pouco fora de suas referências – como aquela noite logo no começo de sua estada, quando ele posava feliz em frente ao espelho inteiro da porta do banheiro, eu fiquei olhando por algum tempo até que a coisa ficasse realmente emocional e sexualmente excitante, e então cometi o erro de murmurar:

– Você parece algo que acabou de sair de uma frisa do Parthenon.

O olhar vazio de novo.

– O freezer do estacionamento? – ele disse, completamente atordoado.

Depois disto eu tentei me comunicar com ele por meio de palavras e sentenças simples, como as que se usariam com uma criança, e nos demos melhor.

Mas a febre em mim crescia a cada dia e noite que se passavam. Repetimos nossa experiência escolar mais uma vez, na quinta noite, mas depois disso nenhum de nós a mencionou de novo. Eu me lembrei do comentário de Voltaire a respeito de Frederico, o Grande. Aqueles dois tentaram fazer sexo e foi um fiasco. Mas Frederico, ao voltar para casa, escreveu para Voltaire em Paris, contando que havia tentado uma segunda vez com um de seus serviçais jovens, e que tinha sido notavelmente bem-sucedido. E Voltaire retrucou: "Uma vez filósofo, duas vezes sodomita".

Eu tinha um pressentimento de que era assim que Rudolf se sentia a respeito da coisa toda.

Não é possível se aproximar de um animal tão bonito da maneira como eu me aproximei por tanto tempo e não ser afetado pela proximidade. Minha inveja dele ardia mais forte a cada noite, quando nos despíamos e íamos para a cama juntos. Mas era uma espécie curiosa de inveja calma. Não havia ódio, calor ou animosidade. Como alguém podia odiar um grande são-bernardo tão amigável, com olhos tão infantis e confiáveis?

Ele era um cara realmente majestoso, mas eu tinha de tirar vantagem dele, e até agora o método não havia aparecido.

E então, uma noite, ele me disse que tinha feito as pazes com seu pai e que no dia seguinte iria começar a trabalhar num emprego de verdade e deixar o meu apartamento. Ele tinha estado comigo por duas semanas e alguns dias, e era uma noite de segunda-feira, sempre terrível para programas. Então eu e ele fomos ao cinema, um filme espetacular rodado na Cinecittà, em Roma, repleto de homens jovens musculosos e quase nus, lutando contra leões, gladiadores e monstros de todo tipo.

– Sabia que o protagonista deste filme treinou no Steve and Mike's Gym? – perguntou Rudolf, tirando as calças.

– Não – eu disse. – Verdade?

– Claro – disse Rudolf.

Ele avançou em direção ao espelho, encheu o peito e sorriu maliciosamente; parecia forte e dominador.

– Eu tenho um corpo tão bom quanto o dele, não é?

– Melhor – eu disse. Eu realmente achava isso.

– Por que eu não posso ir lá e fazer a mesma coisa que ele? – perguntou Rudolf num tom beligerante, com o olhar mais malicioso do que nunca.

– Não é a hora certa para isso – eu disse. – Mesmo se você fosse para a cama com as pessoas certas. Tenho um amigo em Copenhague que conhece um câmera ou algo assim em Cinecittà. Ele me escreveu não faz muito tempo, dizendo que o câmera lhe disse que Roma estava cheia de americanos e alemães bonitos, halterofilistas e malhadores e tal e coisa, todos tentando entrar para o cinema. Mas ele disse que todos estavam morrendo de fome ou ganhando uma mixaria como... porteiros. O cara de Roma disse para o meu amigo de Copenhague que, se ele quisesse aproveitar a boa safra de rapazes bonitos por pouca grana, agora era a hora de ir a Roma.

Rudolf ficou parado olhando para mim, com o peso sobre o pé esquerdo, um braço no ar, no fim de uma pose que se desfazia.

As aventuras de um garoto de programa

Seu corpo foi relaxando lentamente. Um pouco alarmado, por não ter idéia do que eu havia feito ou dito, dei um passo para trás. Minhas pernas bateram na ponta da cama e eu me sentei nela. Rudolf, nu, chegou perto e teatralmente pôs sua mão sobre meus ombros.

– Phil – ele disse suavemente. – Meu velho amigo Phil.

– Q-qual o problema? – eu disse.

Rudolf apertou os meus ombros.

– Velho Phil – ele disse –, quer dizer que você tem um amigo em Copenhague que conhece um cara que trabalha num set de cinema em Roma?

– Claro – eu disse. – E daí? Por que essa onda toda?

Para disfarçar o meu nervosismo, eu me curvei e tirei minhas meias, e então minhas próprias calças, de modo a ficar nu como ele.

Rudolf largou os meus ombros e veio se sentar a meu lado.

– Só uma coisa, meu velho Phil – ele disse. – Você vai escrever para o seu amigo em Copenhague e pedir-lhe que me escreva uma carta de referência para aquele cara em Roma, não vai, Phil?

Ele pôs uma de suas grandes mãos na minha coxa e começou a apertá-la. Seus dedos se enfiaram no músculo e eu puxei a minha perna para longe. Aquilo doía.

– Rudolf – eu disse. – Eu falei que esta não é a hora certa para isto. Você me ouviu. Você ia morrer de fome junto com o resto, a menos que conseguisse ir para a cama com o diretor de elenco certo. Eles não estão fazendo nenhum filme agora, nenhuma das grandes companhias.

Rudolf sorriu.

– Aposto que eu consigo trabalho – ele disse confiante.

– Como um... porteiro.

– Não, eu vou achar o diretor certo.

Ele se virou novamente para mim.

– Você vai fazer isto por mim? Por favor.

De repente percebi que eu tinha a resposta para o meu problema de duas semanas. Cruzei as mãos por trás da cabeça e me deitei na cama, jogando as pernas ao redor e sobre a sua cabeça, de modo a poder me esticar. Ele se esquivou.

Eu não disse nada por um momento. Apenas me deitei sorrindo e afastei as pernas.

Então eu disse:

– Não sei, Rudolf. Dá muito trabalho escrever cartas. Sou um cara meio desleixado. Não gosto muito de escrever cartas sociais.

Sem pensar, Rudolf me agarrou pela coxa de novo. É engraçado perceber a diferença que existe entre tocar uma pessoa quando está sentada e quando está deitada. Dá para falar com ela em diferentes áreas.

Quando ele começou a apertar, eu disse:

– Hum, querido, isto dói gostoso.

Ele largou minha perna como se ela estivesse ardendo em brasa. Alcancei o abajur e apaguei a luz ao lado da cama. A luz do corredor transformava-o numa silhueta com uma linha dourada sobre os ombros, gotas douradas nas suas orelhas e uma auréola nebulosa e dourada em torno de sua cabeça; e então a luz formou uma linha estreita bem no meio do meu corpo, como se houvesse um facho de luz deitado na cama.

– Claro – eu disse – que você podia me convencer a fazê-lo. Não é um favor tão grande assim, é? É lógico que se você me fizer um favor primeiro, eu vou achar muito difícil dizer não, não acha, amigão?

Ele teria preferido ficar cego a ver a lenta transformação que estava tomando conta de mim, iluminado como estava por aquele facho de luz.

Ouvi sua respiração. Estava mais acelerada agora e um pouco superficial.

– Eu... – ele começou, e sua garganta se fechou de modo que engasgou e teve de começar de novo. Era uma espécie de sussurro rouco, muito baixo. – Você não está querendo dizer que...

– Absolutamente, amigão – eu disse, sorrindo na escuridão. – De qualquer maneira, em Roma você terá de fazer como os romanos. Vai ter de saber como.

O belo rosto e ombros se curvaram em direção ao facho de luz, e mais uma vez eu senti o choque do contato, de certo modo sempre novo e ainda perturbador para mim, depois de tantos anos, de tantas bocas... Percebi, com algum distanciamento, que havia uma discreta calvície se insinuando no topo de sua cabeça, algo que eu não havia percebido antes.

E então meu distanciamento desapareceu e eu comecei a sentir um tremendo prazer.

11
Virada de maré

Aquela era a minha segunda ronda por todos os bares gays no que eles chamavam de Near North Side em Chicago – Sam's, Jamie's, Shore Line 7, o único leather bar e então de volta ao Sam.

Não havia nada acontecendo em lugar algum, nenhum cliente à vista. Todos os bares tinham o mesmo cheiro – cerveja, urina e fumaça. Todos estavam repletos de pessoas de aparência idêntica – titias com seus trinta, quase quarenta anos. Vi um casal com quem já havia transado, mas eles ou se cansaram de mim ou acharam que eu não cooperava o bastante para me adequar a eles. Meu corpo só acordava de verdade com um determinado tipo de parceiro.

Vi Willy Post no Shore Line 7, um decorador de interiores, monótono e falante, que trabalhava na grande loja chamada Field's. Ele era gorducho e vestia Ivy League da cabeça aos pés. Estava ficando velho demais para aquele tipo de roupa – sobrava carne nos lugares errados. Um pequeno rolo de banha caía sobre o seu cinto, suas calças eram apertadas demais e havia uma papada pendurada sobre a sua gola. Ficamos juntos várias vezes, mas tínhamos nos cansado um do outro havia um ano. Eu dei um peteleco no meu capacete para cumprimentá-lo e ele me respondeu com um meneio de cabeça, e então eu terminei minha cerveja e fui embora.

Voltei ao Sam pensando numa personagem feminina de um romance que eu tinha lido uma vez, e a terrível corrida de táxi que ela fez em silêncio com seu companheiro. "Bem", ela disse, "vamos voltar pelo caminho de Piccadilly. Pelo menos as luzes dão a ilusão de felicidade".

Nem isso as luzes da Clark and Division tinham de bom.

Eu realmente não sabia por que havia saído atrás de programas aquela noite. Puro hábito, eu suponho.

Quando entrei no Sam's pela segunda vez, vi um recém-chegado. Ele parecia interessante. Cada vez mais eu me pegava combinando prazer e negócios, às vezes até mesmo me esquecendo dos negócios por completo. A esta hora, no ano que vem, pensei sarcasticamente, eu serei uma perfeita tia velha.

O recém-chegado estava vestido da mesma maneira que eu – jaqueta de couro preta, coturnos e – a grande moda deste verão – calças cáqui apertadas em vez de Levis. Elas eram mais eficientes quando se tinha algo a mostrar. Ele não usava gorro e seus cabelos negros estavam desarrumados. Mas por algum motivo eu não achava que ele fosse um michê. Usava o uniforme como se fosse sua roupa de trabalho, mas seu corpo parecia ter crescido dentro dela, diferentemente dos michês e do pessoal, onde tudo parecia um grande baile mascarado, uma festa à fantasia para um monte de rapazes frescos, alguns mais, outros menos inibidos.

Deslizei no banco vazio ao seu lado. Ele se virou e sorriu.

– Oi – ele disse.

– Oi – eu disse secamente. Não se fala com estranhos da maneira como ele o fez. Primeiro você os olha e mede. Este cara não devia saber nada.

– Deixe-me pagar uma cerveja para você – ele disse.

Cada vez pior. Eu olhei duro para ele.

– Por quê? – eu disse.

Ele ficou um pouco confuso e balançou o seu copo de cerveja.

– Nenhuma razão especial – ele disse. – Estou sozinho e pensei que talvez você fosse alguém legal para conversar. Meu nome é Howie.

Ele estendeu a mão.

– O meu é Phil.

Ele tinha um aperto de mão bem forte.

Howie deu uma olhada em volta. Havia uns seis ou sete rapazes de meia-idade, do tipo Ivy League, no lugar – o tipo de pescoço estreito e mão fechada.

– Eu me sinto meio deslocado aqui dentro – ele disse.

– Não deixe que eles o enganem – eu disse. – Eles provavelmente adorariam ficar com você.

Puxei o banco para olhar melhor para ele. Alguns pêlos pretos encaracolados pulavam para fora da gola de sua camiseta. Ele tinha mãos grandes e calejadas e coxas firmes e fortes. Não tinha a ponta de seu dedo indicador direito.

– Como foi que perdeu isso? – eu disse.

Ele olhou para o seu dedo.

– Acidente na prensa da Bell and Howell – ele disse – Quando eu era jovem e não sabia lidar com ela.

– Você trabalha numa fábrica – eu disse, tentando a duras penas fazer com que isto soasse como uma pergunta.

Ele fez que sim.

– Você está fazendo programas também?

Ele não entendeu.

– O que você quer dizer exatamente?

– Se não está, deveria – eu disse.

Baixei um pouco o meu tom de voz.

– Este aqui é um bar só de gays, meu amigo. Cheio de homossexuais. Fazer um programa é deixar que os caras daqui o comam por alguns trocados.

Ele não teve nenhuma reação, apenas continuou revolvendo a bebida em seu copo. Depois de um certo tempo ele disse:

– Acho que eu gostaria disso. Mas não realmente por dinheiro.

– E agora!? – eu disse, fingindo estar alarmado. – Não vamos deixar amadores arrasarem com uma boa profissão.

Ele olhou para mim.

– Quer dizer que você é um michê?

– Na maior parte do tempo – eu disse.

Nesta hora a porta principal voltou a se abrir. Era Willy Post. Ele deu a costumeira olhada geral de todos que entravam – uma espécie de olhar amistoso semi-agressivo que abrangia todo o espaço e imediatamente classificava cada homem do lugar de acordo com suas roupas, carteira, dinheiro, ganhos anuais, idade, poder de atração e disponibilidade. E veio direto em nossa direção.

– Bem – ele disse, com aquele sorrisinho estúpido que eu não suportava. – Quem é o seu amigo, Phil?

– O nome é Howie – eu disse curto e grosso. – Howie, este é Willy Post. Talvez ele possa dar a você aquilo que você disse que queria conseguir esta noite.

– O que é? – disse Willy todo sorrisos e canalhice.

Decidi que iria pegá-lo se pudesse.

– Um servicinho por cinco paus – eu disse, e tomei mais um gole de cerveja.

– Ora, Phil – disse Howie, me censurando.

Eu podia dizer que decepcionei Willy, mas ele respondeu ao insulto com nobreza, como uma tia velha americana descolada, uma esmeralda de dezoito quilates. Ele olhava Howie de cima a baixo. Deste momento em diante eu deixei de existir para ele.

Howie estava embaraçado por minha causa. Ele estava sentado entre nós dois e de vez em quando dirigia a palavra a mim. Eu só grunhia em resposta. Então Willy levantou para ir ao banheiro e Howie falou comigo.

– Acha realmente que eu deveria ir com ele? – ele disse ansioso. – Ele quer. Nunca fiz nada parecido antes, mas acho que gostaria de tentar.

De qualquer forma não era a hora de eu pôr uma mão sobre a sua coxa e dizer: – "Venha comigo, então".

– A primeira vez mesmo? – perguntei.

– Sim, estou com um pouco de medo.

– Não fique – eu disse. – Não há perigo. E você é maior do que ele; poderia acabar com ele se ele ficasse... atrevido. E talvez você consiga tirar dez, vinte paus dele. Mas tome cuidado para ele não te enrolar com um papo romântico em vez de te pagar cash. Ele é chegado a este tipo de sacanagem.

Howie balançou a cabeça.

– Não me importo com o dinheiro – ele disse. – Só quero saber como é.

Eu estava me divertindo.

– Andou ouvindo histórias? – perguntei.

– Sim, muitas – ele disse.

– Como é que você chegou aos 27, 28 – ele aquiesceu quando eu disse 28 – sem nunca ter feito isso?

– Não sei – ele disse. – Não fiz o exército por causa do meu tímpano rompido. E acho que na verdade nunca fui atrás.

— Você teria encontrado se tivesse ido – eu disse. – Você é o tipo que inflama os caras.

— Por que? – ele disse olhando para si mesmo. – Eu não tenho nada de especial.

— Você é um homem, amigo, um trabalhador. Um macho legítimo – eu disse. – Um verdadeiro garanhão sexy. Eles sentem o seu cheiro, todos eles. Isto apavora a metade deles e deixa a boca da outra metade tão seca que eles não conseguem nem falar. Você só esteve com garotas até agora, não é?

— Sim – disse Howie, e ficou em silêncio.

Uma terrível suspeita se apossou de mim.

— Você por acaso não é virgem, é?

Howie olhou para baixo e eu vi a cor inundar suas bochechas. Ele confirmou de um jeito bobo.

— Nossa senhora! – eu disse suavemente. Vi que ele não queria falar sobre o assunto.

— Olhe – eu disse –, se você for com o Willy, tome cuidado para não se envolver. Lembre-se de que ele já é velho de guerra e para você tudo é novidade.

Eu fucei nos meus bolsos e encontrei um bloquinho.

— Aqui – eu disse. – Vou te dar o número do meu telefone. Você me dá uma ligada e conta o que foi que aconteceu, certo?

— Claro – disse Howie. – Aqui está o meu.

Ele escreveu o seu nome lentamente, com muita dificuldade, em outro pedaço de papel – Howie Speer – e então o número de telefone.

— Obrigado, Howie – eu disse e enfiei o papel no bolso do peito de minha jaqueta de couro.

Eu me levantei do banco.

— Divirta-se esta noite, hein?

Ele balançou a cabeça e sorriu.

— Vou tentar – ele disse.

Saí antes de Willy reaparecer. A noite lá fora estava bem mais fria e o ar parecia congelado. Olhei aborrecido para o povo da noite, os letárgicos esperando pelo ônibus para oeste, os porto-riquenhos se lamuriando uns com os outros, as prostitutas perambulando à procura de "caipiras sob os lampiões de gás" (todos eles acabaram se transformando em rapazes da cidade), os travestis afetados com cabelos cor-de-fogo e bundas gordas metidas em calças de lycra verde-oliva, os trabalhadores com marmitas esperando a virada da noite. Pensei com meus botões que era até bom que eu não entendesse como funcionava a cabeça destas pessoas, pois, do contrário, tenho certeza, passaria o resto de minha vida vomitando.

Então fiquei me perguntando por que a noite tinha ficado tão amarga para mim de repente, e a imagem de Willy em ação entre as coxas peludas e musculosas de Howie aflorou em minha mente. Descobri imediatamente o motivo de minha raiva e amargura, mas isto não me deixou nem um pouquinho melhor. Howie era bom demais para ser desperdiçado por uma titia como Willy. E, além do mais, não é todo dia que se encontra um cara virgem e temente a Deus pelas ruas de Chicago...

Hoje e amanhã, hoje e amanhã, como dizem os árabes numa resignada e hipnótica aceitação da incontrolável passagem do tempo.

Ele passa, em Chicago, com a mesma velocidade que em Marraqueche – devagar quando se é jovem, moderadamente quando se cresce, e muito rápido à medida que se vai envelhecendo. Quase um ano se passou depois daquela noite com Howie e Willy, mas eu quase nem notei. Esqueci deles em uma semana. À medida que se vai navegando, os rostos vão se misturando e os corpos vão se combinando, numa composição única (como as figuras de um enorme museu em chamas). Às vezes são os mesmos, mais freqüentemente até que os novos, às vezes de graça, às vezes pagos por nós mesmos, apesar de sempre silenciosamente, é claro – e apenas com alguém de fora da cidade. Algumas noites são passadas em casas simples, outras em apartamentos elegantes na Gold Coast.

E quanto tempo mais isto duraria? Quanto tempo mais meu "charme mutante" continuaria a atrai-los?

Então, uma noite, no Sam, vi um cara de botas e jaqueta de couro que me pareceu familiar. Peguei meu copo de cerveja e me virei para encostar na parede atrás dele.

Ele se virou.

– Puta que pariu! – ele disse num timbre de barítono profundo. – Se não é o velho Phil!

Eu olhei mais de perto e então balancei a cabeça sem acreditar.

– Não pode ser Willy Post – eu disse.

– É, não pode.

Ele agarrou o cinto com um gesto realmente masculino enganchando o polegar numa de suas pontas. Afastou consideravelmente as pernas e apoiou o salto de sua bota no degrau mais baixo do banco.

– Como tem passado?

Fiz alguns sons vagos com a garganta antes de conseguir encadear uma seqüência lógica de palavras.

– B-bem, cara – eu disse. – Você mudou.

– Sim – ele disse.

Ele parecia mais masculino, mais magro e mais depravado. Toda a sua banha tinha desaparecido e os cabelos longos tinham dado lugar a um corte escovinha. Sem a gordura podia-se ver agora uma bela estrutura óssea, larga no alto e estreita no meio. Ele estava muito bem, masculino e maduro. Eu não podia ver sequer um sinal da antiga tia velha toda Ivy League de um ano atrás, que sorria daquele jeitinho idiota que eu tanto abominava.

– Eu descobri que preferia me vestir assim – ele disse. – Então mudei.

– O que Field tem a dizer sobre isso?

– Field! – ele disse violentamente. – Eu pedi demissão! Não consegui agüentar todas aquelas tias velhas no meu departamento. Não, eu estou trabalhando no segundo escalão da American Can Company. Fábrica. Desde fevereiro. Sete meses.

– Nossa – eu disse, frouxo.

A metamorfose era clássica e completa. Fiz um esforço para recuperar a naturalidade. A coisa toda parecia irreal.

– Na última vez em que o vi – eu disse –, você saiu daqui com um cara chamado... – e então eu me lembrei de onde o seu endereço esteve por um ano: no bolso da minha jaqueta onde eu nunca ponho nada, onde eu nunca procurei nada.

– Howie Speer – disse Willy. – Sim. Um cara realmente doce. Inexperiente, mas pronto para aprender. – Ele olhou para longe. – Nós nos vemos muito.

– É mesmo? Ainda, Willy?

– Oh, sim – disse Willy. – Nós moramos juntos agora.

Então ele pareceu um pouco embaraçado.

– Olha, cara. Eu desisti daquele papo de Willy quando deixei o Field's. Agora é apenas Bill.

– Apenas Bill – eu murmurei. – OK, Bill.

– Assim é melhor – ele disse.

– Está se exercitando também? – eu perguntei, olhando para a estrutura sólida de seu corpo. – Numa academia?

– Não preciso – ele disse, socando a palma da mão – O trabalho na fábrica é duro o bastante. Eu perdi uns 18 quilos. Estou levantando caixas de 45 quilos todo dia.

Eu assobiei. E então comecei a lembrar. Ele sempre foi um dos mais selvagens na cama – era muito bom. Comecei a me sentir um pouco nostálgico.

– Tem feito programas também?

Ele deu um pequeno sorriso distorcido.

– Às vezes – ele disse. – Só por diversão.

– Diga, cara – eu comecei.

– Sim – ele disse. – Eu estava pensando a mesma coisa.

– A que horas você sai para trabalhar?

– Sete e meia da manhã – ele disse. – Estou ocupado o dia todo.

– E que tal, então? – eu disse. – Faz muito tempo que não nos vemos.

– OK – ele disse. E então riu. – Você deve estar louco se pensa que vou te pagar alguma coisa.

– Isto vale para mim também – eu disse sorrindo. – Vamos ter de registrar isto como "relações públicas".

– Gosto de ter relações com o público – ele disse.

E então saímos para a rua em direção à minha casa, com os polegares enganchados em nossos cintos de couro pretos, a bunda arrogantemente empinada, pisando firme no chão com as botas e olhares incisivos – duas bichas indo para casa dormir juntas.

Foi uma noite muito agradável – muito divertida. Fazia muito tempo que não nos víamos, como eu já disse, e Willy (desculpe), Bill, estava mais selvagem do que nunca, extremamente exigente e veemente. Ele trouxe à tona a parte de mim que esteve enterrada por muito tempo.

As aventuras de um garoto de programa

E foi lucrativo também, em termos pessoais. Fiz algumas perguntas insidiosas a ele. Descobri que Howie estava freqüentando uma espécie de escola durante as manhãs, tinha deixado o seu trabalho na Bell Howell e ficava em casa todas as tardes. Eu tinha o número do telefone, não havia mudado. Arranquei o endereço de Bill, no caso de o telefone não estar na lista e eu não conseguir descobrir onde ele estava morando por meio da companhia telefônica. Bill nunca chegava em casa antes das nove da noite. Isto deixava Howie sozinho em casa das duas até às nove.

Achei que poderia ser amigável e altruísta de minha parte dar um pulo até lá uma tarde dessas e dar uma ligada para o Howie, já que eu não tinha dúvida de que ele estava sozinho às tardes, esperando Bill voltar para casa. Eu tinha certeza de que Bill não se importaria que eu compartilhasse da companhia de seu marido, especialmente depois de eu e ele termos passado uma noite juntos. Casamentos como os dele pareciam envolver tudo o que os casamentos heterossexuais envolviam – cobranças, calúnias, sarcasmo e brigas. Mas faltavam duas coisas: fidelidade e filhos.

Deixei passar alguns dias e, então, numa tarde de quarta-feira, fui para o centro do North Side. O apartamento ficava numa pequena travessa chamada Belden. Eu encontrei os nomes na caixa de correspondência, na portaria. W. Post, H. Speer – apertei o botão. Depois de um momento ouviu-se um zumbido e eu abri a porta. O vão da escada estava iluminado por uma lâmpada fraca. Era limpo e atapetado.

Lá de cima, uma porta se abriu e uma voz disse:

– Quem é?

Eu gritei o meu nome, imaginando se ele se lembraria de mim. Houve uma pequena pausa e então Howie disse:

– Suba. É o terceiro andar.

Na verdade era o quarto, e eu cheguei lá um pouco arfante. Howie apareceu na porta, amarrando um roupão vermelho escuro. Ele parecia um pouco incomodado.

– Olá – ele disse, estendendo a sua mão.

Seu aperto de mão estava diferente daquele de nosso primeiro encontro; era fraco e mecânico, e sua mão parecia úmida.

– Perdão – ele disse, ajeitando o seu cabelo para trás. – Isto foi completamente inesperado. Engraçado, Bill falou de você há alguns dias. Ele disse que o havia encontrado no Loop, que vocês tinham ido tomar uma cerveja juntos e que você estava bem. Então eu me lembrei de como você nos apresentou um ao outro e disse: "Nossa, seria bom vê-lo de novo". E Bill disse que iria te chamar para passar aqui uma noite destas, e agora você aparece aqui no meio da tarde, Bill está no trabalho e a casa está uma bagunça. Eu estava lavando a louça do café; importa-se se eu continuar com o que eu estava fazendo?

E, ainda tagarelando, ele se dirigiu à cozinha de um apartamento simples, mas bem moderno, mobiliado com pequenos toques de chintz aqui e ali, que dificilmente pareciam refletir o gosto elegante de um ex-decorador de interiores da Field's.

A cozinha era o sonho dourado de uma dona de casa, saído direto das páginas de uma revista feminina e dos anúncios de tevê. Toda pintada de branco com detalhes vermelhos e cortinas amarelas afetadas unindo as janelas que davam para os fundos sujos dos apartamentos do outro lado.

– Quando estou sozinho em casa, me visto de qualquer jeito; espero que você não fique chocado se eu for em frente com o que estava fazendo.

– De jeito nenhum – eu disse.

Ele tirou o roupão e tudo o que eu pude fazer foi manter a cara impassível. Ele estava nu, exceto por um pequeno avental de tecido fino e transparente amarrado ao redor de seu peito. O efeito era perturbador. O seu corpo forte de trabalhador era musculoso como o de um halterofilista. A pele bronzeada estava um pouco mais clara na bunda forte, com a marca do calção do verão passado. O avental supérfluo era absolutamente incongruente. As pernas e o peito peludos e fortes eram muito atraentes, e havia algo muito estimulante na sombra de seu sexo pendendo por trás da diáfana camuflagem. Mas a voz, correndo estridente como uma queda-d'água musical, com suas inflexões de vadia, já havia subido vários tons na escala desde a primeira vez que eu a tinha ouvido um ano atrás.

– Tenho tido toda a felicidade do mundo com Bill – ele disse, ensaboando um prato e enfiando seus braços escuros e bronzeados na pia. – Nós realmente nos acertamos. É tão maravilhoso estar casado com ele! Ele fez brotar muita coisa em mim que eu sequer sabia que existia. Como este talento que eu tenho, por exemplo. Decorei este apartamento sozinho; ele só me ajudou um pouquinho. Ele me ensinou algumas coisas sobre decoração, mas... sabe? Ele realmente parecia ter perdido o interesse neste trabalho que fazia na Field's; então acabou pedindo demissão e arranjou um emprego na fábrica da América Can. Eu disse: "Bill, isto realmente não te faz crescer, pegar este tipo de trabalho, parece que você está andando para trás", mas ele sorriu e disse que era isto o que queria fazer; então eu achei que estava tudo bem. Porque eu também tenho feito todas as coisas que eu queria fazer e nunca pude até conhecer Bill. Oh, Phil – ele disse extasiado, virando-se para mim e esfregando as mãos momentaneamente livres da espuma que tinha subido quase até seus cotovelos, como um par de luvas brancas de noite. – Vem sendo realmente maravilhoso, e nós temos sido tão felizes juntos, realmente felizes – e é claro que somos absolutamente fiéis um ao outro.

– Tem certeza? – eu disse um pouco irônico.

– Oh, sim, absolutamente, não há por que transar por aí quando se encontra alguém e se descobre que foram feitos um para o outro, em todos os aspectos.

Eu suspirei. Raramente duas pessoas se apaixonam num mesmo grau, alguém sempre ama mais que o outro. Ele ia demorar algum tempo para descobrir isso. Mudei de assunto.

– Que escola você está freqüentando? – perguntei.

Ele me olhou de lado, com seu maxilar quadrado e bonito. Havia um pouco de suor sobre seu lábio superior. Ele jogou seu cabelo negro para trás com uma parte seca de seu braço.

– Oh, achei que Bill tinha lhe contado. É uma escola de beleza. Estou estudando para ser cabeleireiro. Dá muito dinheiro e eu gosto do trabalho. É tão... criativo, de verdade, e isto é o que eu sempre quis fazer, criar...

Eu levantei a bunda do banco e avancei dois passos em sua direção. Pus uma mão em sua nuca e o puxei para perto. Ele se debateu, mas consegui dar-lhe um beijo na boca. Suas mãos ainda estavam sob a torneira. Ele parou de se debater e eu senti seus lábios se abrirem um pouco. Então eu o larguei e dei um passo para trás.

– Howie – eu disse. – Pare com todo este maldito papo furado e ouça.

Olhei para o avental e vi que o beijo o tinha excitado, como tinha acontecido comigo também.

Ele olhou para a água e então lentamente tirou as mãos da espuma e as secou mecanicamente. Jogou-se sobre outro banco e, de repente, sem aviso prévio, pôs sua cabeça bem-formada sobre seus braços escuros e fortes dobrados sobre o escorredor e desatou a chorar. Quando ergueu a cabeça, não olhou para mim.

– A-acho que você e Bill foram para a cama juntos, não é? – ele perguntou finalmente.

– Sim – eu disse. – É sempre assim, Howie. Vocês dois podem fingir que são fiéis e talvez você realmente tenha sido. É assim?

Ele consentiu, ainda sem olhar para mim.

– Eu disse para você tomar cuidado com ele – eu falei. – Eu lhe disse que ele era bom nisto. Mas não há razão para você ficar mal deste jeito. Ser promíscuo faz parte de ser bicha, verdade. Todos nós estamos à procura de romance. Talvez isto até faça parte de ser michê – eu disse, mais para mim mesmo, procurando uma brecha no abismo de minha própria natureza.

Ele assoou seu nariz com um Kleenex puxado de uma caixa sobre a pia. Olhei para ele e tudo o que podia pensar era nos versos de um poema de Shakespeare sobre aquele que "sofreu uma virada de maré e se transformou numa coisa rica e estranha". Bem, Howie não tinha ficado exatamente rico e estranho, mas a troca que ele e Willy Post haviam feito era uma das coisas mais curiosas que eu já vira.

– Howie – eu disse –, há um ano você era realmente masculino e durão. E agora está estudando para ser cabeleireiro. Esta é a sua vida – ninguém pode criticá-lo se é isso mesmo o que quer, mas acho que o Bill está tirando vantagem de você. Ele o transformou numa mulher, como ele queria, para seu próprio prazer. Ele pôde fazer isto facilmente porque você não tinha nenhuma experiência com este tipo de vida. Acho que ele não levou os seus desejos muito em consideração, não é?

Howie concordou com a cabeça, e por um momento pensei que ele fosse chorar de novo. Mas não o fez.

Odeio psicanalistas amadores, mas eu bem que estava tentando bancar um deles. Eu sabia que não podia fazer muita coisa. Era como zanzar na selva com uma venda nos olhos, tentando achar uma saída.

– E você sempre faz a parte da mulher, não é? – eu disse.

– Sim – ele disse, olhando para as próprias mãos.

– E Bill às vezes não o satisfaz, não é?

Ele concordou mais uma vez.

– Quase nunca – ele disse, tão baixo que eu quase não pude ouvi-lo. – Eu normalmente tenho de me virar sozinho.

– Foi o que pensei – eu disse. – Isto não é exatamente o que se possa chamar de uma relação de cooperação como deveria ser um casamento, não é?

Ele novamente concordou com um leve meneio de cabeça.

Eu me levantei, abri o zíper de minha jaqueta de couro, tirei-a e depois a joguei numa cadeira da cozinha.

– Onde é o seu quarto, Howie? – eu disse.

Ele moveu os ombros em direção à porta.

– Ali – ele disse.

Pus minha mão em seu braço molhado e o senti repentinamente tenso. Então eu o enlacei e puxei o seu avental. O pequeno negócio fino e frágil caiu no chão da cozinha.

– Venha, Howie – eu disse, puxando-o. – Esta é a última ordem que vai receber de mim. Pelo resto da tarde você vai ser o homem.

Howie disse:

– Mas você é um michê e eu não tenho dinheiro.

Dei um tapinha no seu ombro forte e bronzeado.

– Não faz mal, Howie – eu disse. – Esta é por conta da casa.

É assim que as coisas funcionam conosco, terapeutas escrupulosos. Fazemos qualquer sacrifício para conseguir que nossos pacientes reencontrem o seu caminho. Mas ao deixar o apartamento naquela noite, às cuidadosamente calculadas oito horas e trinta minutos, eu não estava bem certo de que as coisas tinham funcionado do modo como eu queria. Eu estava um pouco fraco e fisicamente debilitado, mas não tinha muita certeza de que mais uma ninfa havia entoado o seu belo canto no mar.

Foi um choque ouvir Howie dizer, depois daquela tarde, ao sair da cama:

– Bem, realmente tenho de acabar de lavar aquela louça e preparar o jantar, porque logo o Bill chega e ele gosta de ter uma refeição quentinha à sua espera.

12
Pintado de preto

A palavra amor é muito freqüentemente usada de forma inadequada. Por seus lados obscuros, suas provações e excêntricas inclinações, é preciso encontrar um novo termo. Quando as portas negras da sua vida se abrem e fluidos desconhecidos se apoderam de você, aí descobre que o "amor" não tem nada a ver com o pesadelo no qual foi lançado nem com a violenta corrente destruidora que o rasga por dentro. O que pode a pequena e gentil palavra "amor" fazer para descrever, controlar ou conter tais horrores, quando o cérebro pega fogo e os ossos queimam no ar do inverno?

É engraçado como algumas horas podem mudar o rumo de sua vida. Quando tomei o metrô para o Harlem em direção ao apartamento de Adam X naquela primeira noite, eu era um cara realmente descomplicado – um marinheiro durão, me preparando para a Linha Francesa, bem-ajustado, saudável, homossexual, e de uma agressividade normal. Quando saí de lá algumas horas mais tarde, na neve de novembro, com Bennett a meu lado, era como se tivesse envelhecido uns cem anos naquele lugar, como se tivesse ficado enrugado, corrupto e fraco, com todos os desejos de doze séculos acumulados.

A perspectiva que se apresentou para mim aquela noite era a mais excitante da minha vida. A idéia de fazer companhia a Bennett em sua escravidão a Adam lançou um imperioso e coercivo encantamento sobre os meus sentidos. Eu sempre tinha sido o capitão na batalha do sexo, nunca o submisso. Mas aqui estava eu, com Bennett, andando pela neve a ponto de abandonar minha masculinidade por completo, minha autoconfiança, para me tornar escravo de um negro misterioso e desconhecido, um dos líderes do Black Muslims.

– Não sei o que aconteceu comigo – murmurei a Bennett.

Ele olhou para mim rapidamente e sorriu.

– Lembra-se do diálogo entre Chiamera e Sphinx, de Flaubert? – ele perguntou.

– Não posso dizer que sim – disse rapidamente.

– No final, Chiamera tem uma fala que diz mais ou menos assim: "Eu procuro novos perfumes, aromas mais fortes, prazeres desconhecidos".

– Diabos – eu disse violentamente. – Posso encontrar perfumes novos e prazeres desconhecidos sem destruir a minha vida! Eu vou ficar tão sujo na Linha Francesa indo embora assim sem nenhum aviso que nunca mais vou conseguir voltar a trabalhar com eles. Eu não entendo por que ele insiste em me convencer a morar com vocês dois. Eu podia muito bem ficar livre, passar os fins de semana com vocês, por exemplo, e deixá-los um pouco livres.

Bennett olhou para mim e sorriu.

– Talvez eu não queira nenhum tempo livre – ele disse.

Fomos até a entrada do metrô e Bennett pegou dois tíquetes para a catraca.

– E talvez eu queira – murmurei.

Fomos até a ponta da estação, longe dos outros. Éramos os únicos brancos esperando por um trem. Olhei para os rostos escuros dos poucos negros ao nosso redor, imaginando que ódios violentos se escondiam por trás de seus plácidos olhos. Mas não era possível ver coisa alguma – eles eram bem escolados em camuflagem.

– Sempre é possível mudar de idéia – disse Bennett. – Foi isto o que Adam lhe disse. Pense mais a respeito quando estiver a caminho de pegar suas coisas para... responder a qualquer pergunta que você possa ter.

– Bem, então diga – eu o intimei –, por que diabos eu estou fazendo isso?

Bennett suspirou. O trem para o centro da cidade soou na estação e engoliu a sua resposta. Embarcamos e nos sentamos. O trem estava quase vazio. Eram onze horas – não muito tarde para Nova Iorque. Quando partimos, Bennett disse muito cuidadosamente, controlando o volume de sua voz de modo que ela só alcançasse a mim por cima do ruído da maquinaria:

– Não sei a resposta. Mas deve haver alguma coisa em você que o fez aceitar uma proposta destas.

– Tenho certeza de que não sei o que é, se é que há alguma coisa – eu disse irritado. – Já fui para a cama com dúzias de negros – isto cuida do aspecto da nobreza. Eu até morei com um por algum tempo – disse, lembrando-me de Ace Hardesty. – Nunca tive nenhum preconceito contra eles, nunca os maltratei consciente ou inconscientemente, portanto não tenho nenhum sentimento de culpa em relação a eles. Por que a disposição das células de melanina sob a pele de uma pessoa deveria fazer dela alguém melhor ou pior do que outra? Eu gosto de negros.

Bennett sorriu; havia malícia em seus olhos escuros.

– Bem, talvez seja isso – ele disse.

– Não – eu disse –, isto não é bastante para alguém me fazer arrancar minhas raízes deste jeito e você sabe disso.

– Bem, talvez você nunca tenha percebido, até hoje à noite, a extensão dos elementos s/m em você.

– Sadomasoquistas?

– Sim – disse Bennett. – Nunca se deve usar um termo sem o outro, exceto em casos raros. – Ele olhou para o piso do trem. – Como eu – ele disse, tão baixo que eu quase não escutei.

– Nunca achei que tivesse muitas tendências nesta direção – eu disse.

– Até hoje à noite –Bennett corrigiu, com um pequeno e frio sorriso.

– Acho que é mais curiosidade do que qualquer outra coisa – eu disse.

Bennett sorriu um pouco.

– Curiosidade é forte o bastante para fazer você deixar a sua casa? Seu trabalho?

– Então é o quê? Expiação, como você? Eu nunca senti esta necessidade, porque, como eu disse, não tenho nenhum sentimento de culpa a respeito dos negros de maneira geral. Mas gosto de experimentar coisas novas.

– Talvez seja uma expiação abstrata – disse Bennett. – Sabe como é, morrer pelos pecados do mundo. Talvez venha do seu subconsciente. Tudo ligado à mágica e ao mistério do arquétipo... domínio absoluto, submissão absoluta.

Houve um bom lapso de tempo enquanto pensei a respeito. Então Bennett me cutucou.

– Aqui está Bleecker – ele disse.

Nós desembarcamos.

Andamos pelas decadentes vizinhanças do lugarejo, seus estacionamentos vazios, os projetos de arranha-céus, as fachadas deterioradas das lojas e edifícios e calçadas destruídas. Meu apartamento ficava no quarto andar de um prédio sem elevador na Macdougal Street, nada muito elegante, mas adequado às minhas necessidades. A aura do vilarejo me influenciava muito – sua sugestão de liberdade, sexo, um maldoso e suave ar de ilícito, hoje em dia expandido pelas típicas garotas beatnik de cabelos pretos e desarrumados e rapazes barbados reagindo de maneira conformista contra sabe-Deus-o-quê – A sociedade? Eles próprios? Seus pais? Na verdade não havia nada no lugarejo contra o que reagir, pois ele mesmo era uma grande reação. E logo, apesar de suas roupas, narizes empinados e barbas, eles se tornaram tão conformistas quanto o próprio Babbitt (personagem-título do romance do norte-americano Sinclair Lewis – 1922); e o que poderia ser pior do que um Babbitt de um lugarejo em Greenwich fazendo negócio de uma rebelião?

Pensando nisso, tive de me perguntar: Por que eu morava lá? Contra o que estava reagindo inconscientemente?

No corredor obscuro e ascendente do meu prédio, um odor sempre predominava. Desta vez, estranhamente, era o de bacon e ovos – um odor de terça-feira de manhã, mas hoje era quinta à noite. Estava tudo errado.

Fomos até o quarto andar, destranquei a porta e acendi as luzes. Não havia muita coisa para transportar. Eu costumava viajar com pouca coisa. Um pequeno rádio FM, meia dúzia de livros, incluindo minha cópia do "manual" Gracian's. Bennett me ajudou a empacotar minhas coisas em duas malas. A mobília e a cama de estúdio, os lençóis e toalhas, tudo pertencia ao apartamento. Meu aluguel estava pago até sexta-feira – sem problemas. Tudo o que eu tinha a fazer era devolver a chave ao senhorio no primeiro andar. Olhei para a minha mão na mala leve.

– Tudo pronto? – perguntei a Bennett.

E então olhei para ele. Seu belo rosto estava ardendo; seu cabelo negro, mais desalinhado que de costume. E havia algo de estranho em sua atitude. Ele pôs uma de suas mãos no meu ombro e o apertou por sobre a jaqueta de couro.

– Phil – ele disse, levemente gaguejando. – Vo-você gosta de mim? Um po-pouco?

– Claro que sim, Bennett – eu disse.

Eu lhe dei um tapinha nas costas, coisa de camaradinha – O que é que está passando pela sua cabeça?

Ele esfregou as botas no pequeno tapete do chão como um rapazinho embaraçado pego numa enrascada.

– E-eu não saio muito – ele disse. – Adam me mantém muito preso, sabe? – ele disse.

Então ele olhou para mim. Seu rosto estava escarlate.

– Eu... eu cuidei de você no apartamento dele – disse meio na defensiva. – Eu só estava pensando – ele disse –, se você faria a mesma coisa por mim, só desta vez, sem público.

Seu tom estava meio envergonhado, meio beligerante.

Eu soltei uma gargalhada e com uma mão o empurrei para trás. A ponta da cama de estúdio bateu na parte de trás de seus joelhos e ele foi lançado nela. Agarrei a ponta do seu cinto e o puxei forte, ainda rindo, desafivelei-o e o despi.

– Com certeza – eu disse – velho camaradinha, seu velho traidor. Qualquer coisa para agradar.

Havia algo de especial naquilo. Talvez esta fosse a última vez que transaríamos com privacidade durante um bom tempo.

Foi apenas o final de uma frase, ouvido de muito longe; parecia um som reverberando como o de uma concha do mar contra o ouvido.

– Dêem um jeito nele.

Uma forte voz ressonante finalizando em algo que soava como uma porta batendo, e então um grande silêncio, zumbindo em meus ouvidos, entrelaçado com dedos escarlates de dor e calor, que subiam sobre as minhas costas como escorpiões, enroscando na carne, profundamente, algo picando e percorrendo meu corpo nu, não sei se suor, sangue ou água, e, sobrevoando tudo isto, um som de música, algo estúpido, gracioso e inapropriado como *Eine Kleine Nachtmusik*, soando cada vez mais longe, diminuindo e se reaproximando, as tempestades crescendo e então diminuindo, vibrando com o calor, arranhando como arame farpado. Tentei abrir meus olhos, mas eles ardiam por causa do suor ou do sal, e a minha vista estava embaçada.

Então senti alguém pegando o meu pulso e vi que uma mão surgiu da parede. Um braço me amparou, enquanto outro trabalhava no outro pulso, e então eu estava livre, amparado agora por dois braços que me ajudavam a cambalear pelo quarto (a pilha de tapetes era agora macia sob os meus pés) até uma cama baixa. Caí de bruços nela e, com os olhos ainda fechados, senti minhas pernas serem levantadas e esticadas atrás de mim. E então uma sacudida na nuca e a mordaça sendo tirada de minha boca. E, com os olhos ainda fechados e a respiração ainda fraca, eu fiquei lá, deitado, com alguma espécie de consciência voltando. Alguém (Um amigo? Como era o seu nome? Começava com B, eu pensei, B de "brother", B de Ben, oh, Bennett!) esfregava cuidadosamente um pano quente e úmido nas minhas costas e na parte de trás de minhas coxas e tornozelos, e então suavemente as secou com algo macio para depois esfregar na pele algo cheirando a violeta, um ungüento quente, que lentamente começou a fazer a dor diminuir.

Então uma pequena soneca, não sei quanto tempo, e uma voz no quarto escuro, e Bennett com uma xícara de café.

Com um braço ele me ajudou a levantar e tomar alguns goles do líquido escuro e amargo.

– Hoje foi das brabas! – ele disse, passando os dedos pelo meu cabelo.

– Mmmmphh – eu disse, caindo para o meu lado. Não ousei deitar de costas. – Sangue? – perguntei.

– Não muito – disse Bennett. – Mas agora que você já teve quatro destas pequenas sessões, praticamente uma a cada dia, por que não desiste? Ele deixaria de ser tão severo. O que o está retendo?

– Não sei – eu disse amargamente. – A menos que seja alguma memória celular obscura de que eu ainda sou um homem.

Bennett acendeu mais algumas luzes e olhou para mim, confuso. Estávamos no quarto pequeno sobre "nossa" cama, um quarto desenhado com o propósito para o qual tinha acabado de ser usado, com ganchos no chão e nas paredes, cordas nos tetos e uma coleção de instrumentos "persuasivos" pendurados aqui e ali. Passei a odiar aquele quarto como nunca havia odiado nada antes.

– Há algo em você que simplesmente não se quebrará – disse Bennett.

– Graças a Deus – eu disse amargamente.

– Não é que você não tenha feito no passado o que ele disse para você fazer hoje – prosseguiu Bennett. – Você já fez, várias vezes.

– Sim, eu sei – eu disse. – Mas foi a maneira como ele disse.

– Então agora o escravo exige que o seu amo seja mais gentil com ele? – disse Bennett sarcasticamente.

– Oh, cale a boca – eu resmunguei.

Mas o que Bennett havia dito era totalmente verdadeiro. Nas poucas semanas que se passaram desde aquela noite de novembro, eu havia feito tudo por Adam, muitas vezes. Eu cheguei – como Bennett disse antes – a conhecer o corpo de Adam X como nunca havia conhecido o corpo de ninguém. Não havia um fio de cabelo ou um poro que não me fosse familiar, desde os fios firmemente encaracolados de sua pele ao frágil e molhado emaranhado de suas axilas e virilha e os tufos que cresciam em seus dedos. Minha língua e meus dedos conheciam cada contorno do seu corpo – e apesar do quanto eles relutavam em confessar isto à minha mente, eles estavam convencidos de nunca antes terem tocado uma musculatura tão magnífica, um corpo tão bem-feito, um conjunto tão soberbo.

– Acho que você o insultou de propósito – disse Bennett –, para que ele o punisse. Você sabe que ele consegue falar melhor que isso. Ele sabe que não é "peses" que se diz, mas "pés".

– Tudo o que eu perguntei foi por que um cara todo poderoso no islamismo não podia pelo menos falar como um branco com terceiro grau completo – eu disse. – Quanto a querer ser punido – por que eu iria querer isto? Não, obrigado, eu já tive mais do que o suficiente.

Bennett balançou a cabeça.

– Você não deveria criticá-lo – ele disse. – Isto mostra que você ainda não o aceitou, e além do mais ele tem muito com o que se preocupar. Acho que chegou aos ouvidos do quartel-general que ele está vivendo com dois rapazes brancos.

– Isto não deveria deixar os chefes tão putos – eu disse. – Afinal, nós somos verdadeiros escravos, não é?

– Isto é contra as leis deles – disse Bennett. – Qualquer tipo de homossexualismo. Qualquer tipo de contato com os demônios brancos.

– Bem, no nosso caso – eu disse –, ele teve bem mais que um simples contato. Nós podíamos chantageá-lo.

– Eu não – disse Bennett. – Para falar a verdade, se vai haver confusão, estou pensando em me tornar um negro.

Olhei para ele.

– Fácil assim? – eu disse sarcasticamente. – Você enlouqueceu?

– Não – ele disse e se sentou na ponta da cama. – É muito fácil. Você pode arranjar um médico que lhe dê comprimidos de 8-metoxipsoraleno, então sentar-se sob uma lâmpada ultravioleta até que a sua cor escureça e usar um bronzeador forte para alcançar o tom desejado. Quanto ao meu cabelo preto, eu só teria de cortá-lo bem curto para que ficasse rígido e encaracolado. Os pêlos nas costas da minha mão e no resto são pretos, então tudo com o que terei de me preocupar são os cantos dos olhos e os lábios, onde será preciso usar a cor mais rápido e saber se o meu fígado poderá agüentar o uso contínuo da droga.

Seus olhos brilhavam e ele estava muito excitado.

– Meu Deus – eu disse –, você realmente entrou numas. Você fala como quem realmente vai fazer isso.

– Já foi feito antes – ele disse.

– Achei que aculturação era só coisa de preto querendo virar branco – eu disse.

– Não há nada de errado em ir na outra direção – ele disse –, e se esta é a única maneira de eu ficar com Adam, é isto o que vou fazer.

Nesta hora a porta se abriu e lá estava Adam. Estranhamente, ele estava vestido da mesma maneira como na primeira vez em que o vi – uma camisa branca de cetim com punhos engomados e de resto nu. Ele ficou com a mão na maçaneta e olhou para nós por um momento antes de fechar a porta. Inconscientemente, cobri metade do meu corpo com o lençol e me deitei de lado.

Adam veio em direção à cama. Olhei para a torre colossal de seu corpo negro enquanto ele ficava lá de pé com as pernas ligeiramente afastadas. A perspectiva era perpendicular. Eu vi o horizonte negro dos músculos de suas coxas chegando em cima e tremulando no limite do mundo marrom e preto do buraco que continha o seu sexo, suspenso sobre a minha cabeça do mesmo modo como Gulliver ficou suspenso sobre Liliput – e além e acima, monte após monte marrom brilhante e preto, exposto onde as mangas brancas de sua camisa caíam estendendo-se sobre o meio ambiente de sua barriga, ao pesado promontório de seu queixo, a meia-lua invertida, uma visão momentânea de seus dentes entre as escuras e carnudas ondas de seus lábios, a lagoa negra saliente de suas narinas, o brilho de cimitarra de seus glóbulos oculares brancos. Era uma visão demoníaca e aterrorizante de um mundo marítimo negro, e eu fechei os meus olhos um pouco.

Quando os abri novamente, vi um meio-sorriso sarcástico em seu rosto. E então vi também que ele estava carregando um chicote dobrado sobre a mão.

– Qual o problema, branquelo? – ele disse. – Pudor?

Ele se abaixou e puxou todo o lençol, botando uma imensa mão negra sobre os meus ombros, virando-me rudemente pelo estômago para ver as minhas costas. Senti seus dedos deslizarem pela minha pele e tremi um pouco quando eles entraram em contato com as feridas.

Ele fez um som de prazer em algum lugar no fundo de si mesmo.

– Cara – ele disse. – Você fica bem marcado, mas acho que vou ter de deixá-lo ir. Acho que você não tem aquilo que é necessário para ser um escravo de verdade, como o Bennett. Agora já faz um mês, e na próxima semana será Natal, portanto este vai ser o meu presente, sua liberdade.

– Nossa, muito obrigado – eu resmunguei ironicamente.

– Mas antes de ir embora – ele disse, e pôs um pé negro enorme na ponta da cama, tão perto que uma das unhas arranhou o meu rosto. Eu me reclinei para trás. Então com o canto do meu olho eu vi o chicote desdobrado até o fim, caindo até a minha bochecha. E eu fiquei deitado imóvel. – Mas, antes de ir embora – ele repetiu –, você vai cuidar dos meus *peses* – ele disse, enfatizando deliberadamente o erro –, o tratamento que você não queria me dar agora há pouco. E a ponta atroz do chicote começou a balançar devagar, para frente e para trás.

Devagar, dolorosamente, eu trouxe o meu braço e pus minha mão em concha em torno do calcanhar plano e negro e comecei.

———

Eles ficaram muito felizes de me ver entrar mancando no escritório da Linha Francesa no dia seguinte. Expliquei que uma morte súbita na família tinha-me feito voltar. Será que havia alguma chance de eu retomar o antigo emprego?

Não, não havia, mas havia algo melhor. Eles estavam com pouca gente para dois cruzeiros de inverno para o Caribe. A tripulação era composta por franceses, mas desta vez eu não ia trabalhar simplesmente como ascensorista, motorista ou coisa assim, já que falava a sua língua razoavelmente.

Isto me tomou as duas semanas seguintes e foi bastante prazeroso – exceto pelo fato de eu continuar mentalmente desejando alguma coisa, como acontece com um cigarro quando se tenta parar de fumar. Eu curti bastante o sol quando tive permissão para ir à praia nas Bahamas, apesar de ter de usar uma camiseta quando estava em público. As marcas marrons ficaram um bom tempo. Eu costumava procurar um lugar isolado para pegar sol e aí tinha uma aventurazinha ou duas com alguns nativos da ilha.

De qualquer modo, era dia 1º de março quando voltei para Nova Iorque. Peguei minhas coisas no apartamento de meu amigo, onde eu as havia deixado antes de sumir, e felizmente encontrei um outro apartamento perto de onde eu morava antes, na Macdougal Street de novo.

E então, uma noite, cerca de uma semana depois de minha volta, eu liguei para aquele número, como eu sabia que faria mais cedo ou mais tarde. E foi a voz familiar de Bennett que atendeu o telefone.

– Ei, cara! – eu disse. – Adivinhe quem é! Voltei do Caribe. Como está o escravo favorito?

O riso de Bennett era solto e autêntico.

– Meu velho camarada Phil! – ele disse. – Tudo bem comigo. Está aqui há muito tempo?

– Até onde eu sei, sim – eu disse. – Queria te ver. O cara negro grande e mau vai te deixar sair por esses dias?

Claro – disse Bennett. – Ele confia em mim. Para falar a verdade, ele está em Chicago esta semana e eu estou sozinho. Parece que houve algum problema. O que acha de eu ir aí ver você? Um cara branco foi esfaqueado há alguns dias.

– OK – eu disse, e lhe dei o novo endereço.

Não demorou nem uma hora até a campainha da frente tocar. Eu apertei o botão e abri a porta do corredor para ele encontrar o lugar. Eu estava de costas para a porta quando ouvi seus passos.

– Phil, meu camarada!

– Bennett! – Eu gritei e me virei.

Na minha frente estava um negro alto e esbelto, um completo estranho. Sua cor era o que os negros chamam de marrom puro, uma profunda e uniforme cor forte de chocolate tendendo para o preto. Seu cabelo estava cortado curto sobre seu crânio bem-formado, tão justo quanto um capacete e... as orelhas de Bennett sempre foram assim tão pequenas? Os ombros pareciam excessivamente largos e o peito, pequeno. O verdadeiro padrão de beleza banto. Ele estava lá, na sombra da porta, sorrindo com seus dentes retos e inacreditavelmente brancos na penumbra.

Eu estava de boca aberta. Fechei-a, mas não conseguia falar. Bennett esticou uma mão quadrada e negra e apertou a minha com firmeza. Ele teve de vir até o meu lado para alcançá-la. Eu estava paralisado.

Cara, o meu amigo parecia ter virado pedra. Até sua voz era de negro. Um pouco suave e aveludada, baixa e sensual com os semitons íntimos e obscenos que os negros usam entre si.

Eu ergui uma mão e levei a ponta de meus dedos até a sua bochecha.

– É maquiagem – eu disse, com descrédito.

– Não vai sair – disse Bennett.

Olhei para a ponta de meus dedos. Estavam de um róseo pálido caucasiano como sempre. Eu me sentei pesadamente sobre a cadeira.

– Eu, eu não acredito – eu disse. Você está assim pelo corpo todo?

– Quer ver, cara?

Ele ainda estava usando o tom negro.

– Você está realmente interessado cientificamente, ou só está a fim de tocar minha pele negra e macia?

Ele tirou sua capa azul-escura e começou a desabotoar sua brilhante camisa, tirando também a manta de lã escocesa xadrez vermelha. As duas alças de sua camiseta de baixo estavam inacreditavelmente brancas sobre seus ombros negros musculosos. Ele tirou suas calças e cuecas e ficou ali, nu.

– Cara – eu disse. Eu assobiei. – Você está preto como o inferno.

– Não exatamente – ele disse. Desta vez com sua voz de branco. O efeito era assustador. – Estou realmente marrom, mas nesta luz algumas partes de mim parecem pretas. Há algumas áreas mais claras.

Ele sorriu com malícia, como o velho Bennett branco.

– Quer tentar encontrá-las?

– Com certeza – eu disse, e direcionei a lâmpada diretamente sobre ele.

Sua pele brilhava com um belo bronzeado, e as luzes dançavam e mudavam de lugar à medida que ele se movia. Ele estava mais do que bonito.

Eu o explorei polegada por polegada e encontrei os pequenos pontos claros: o períneo, algumas das dobras de seu sexo, a parte de trás de suas orelhas e os vãos entre os dedos. Mas até mesmo nestes lugares o tom era de um marrom-claro. Eles não tinham nada do tom róseo ou subtom pálido de uma pele branca.

Então eu experimentei o seu gosto aqui e ali e o cheirei. Neste aspecto ele ainda era branco. Para tocar e olhar ele era negro; para saborear e cheirar, um branco. Eu disse isso a ele.

– Eu sei – ele disse. – Adam percebe e comenta o tempo todo. Ele não gosta. Mas isto é algo que eu acho que não se pode mudar. Eu nunca vou poder cheirar como um negro.

– Talvez algumas ervas – eu disse. – Tente algumas, por via oral. Como seria tentar de outra maneira?

– Está bem – disse Bennett. – Ele me contratou como seu secretário. Trabalho com negros o dia inteiro. Nenhum sabe.

– Como foi que isto te afetou fisicamente? – perguntei.

Bennett esfregou sua testa.

– De uma maneira muito estranha – ele disse finalmente. – Primeiro eu rejeitei a minha imagem no espelho, sentia como se aquele fosse um usurpador. Um intruso. Eu continuei a achar que ele ia tomar o meu lugar com Adam. Então eu entrei num estágio auto-erótico, não podia deixar de olhar para mim mesmo, brincar com o meu corpo, acariciá-lo. Por um certo tempo também Adam começou a me respeitar demais. Eu ameacei voltar a ficar branco, e isto de certa maneira o trouxe de volta. Ele está mais perverso comigo do que nunca.

– Você pode ficar branco de novo se quiser? – eu disse.

Bennett deu de ombros.

– Claro, mas quem quer isto?

Ele foi atrás de suas cuecas.

Eu o impedi com um gesto.

– Só um minuto, grande amante – eu disse. – Eu o tive como branco. Você não vai sair daqui sem que eu o tenha como negro. Vamos ver se a carne escura é mais saborosa que a branca quando chega a hora de fazer amor. Ou talvez a técnica também tenha mudado?

Bennett sorriu.

– Estou mais selvagem – ele disse. – É como beber uma garrafa de gim. Ou fumar três baseados. Ou usar uma máscara no carnaval. Você se solta. Todas as inibições desaparecem.

Não havia dúvida sobre isso. Ele estava mais do que certo. E mais que isso, a cor não saía na pele.

O cinema tem uma certa vantagem sobre a vida real. Para chegar a um final, ainda que não seja uma conclusão definitiva, é possível apressar o tempo com as lentes, criar alguns ângulos artísticos e lentamente afastar a câmera do personagem central até que ele diminua e o "The End" se sobreponha à imagem da tela.

Passou-se um bom tempo depois de minha expulsão do Éden Negro e já era inverno de novo. Eu não tinha mais ouvido nada a respeito de Adam e Bennett. Foi uma época bastante estranha para mim. O sentimento de não-preenchimneto, de vazio, persistiu. Eu ainda ansiava por alguma coisa, não sabia dizer o quê.

Mas numa noite fria, voltando pela neve molhada para o meu apartamento quente e abafado, descobri o que estava me atormentando. O filme estava sendo rebobinado, isto era tudo.

Então coloquei a minha jaqueta preta de couro e fui através da pegajosa umidade em direção ao metrô. Fui para a ponta escura do Harlem que eu conhecia tão bem. Fiquei na frente da porta de um vestíbulo mal-iluminado e olhei por um longo momento para o nome na pequena placa de bordas acobreadas. E finalmente apertei o botão.

E então, antes que viesse o zumbido em resposta, olhei através da porta de vidro, para as escadas, e senti minhas bochechas arderem de raiva, angústia e desejo...